IL RISOLUTORE

RENEE ROSE

RENEE ROSE ROMANCE

Pubblicato negli Stati Uniti d'America

Renee Rose Romance

Questo e-book è opera di finzione. Malgrado eventuali riferimenti a fatti storici reali o luoghi esistenti, nomi, personaggi, luoghi e avvenimenti sono il frutto dell'immaginazione dell'autore o sono usati in maniera fittizia, e qualsiasi somiglianza con persone reali – vive o morte – imprese commerciali, eventi o locali è una totale coincidenza.

Questo libro contiene descrizioni di molte pratiche sessuali e di bondage, ma è un'opera di finzione e, in quanto tale, non dovrebbe essere utilizzata in alcun modo come guida. L'autore e l'editore non saranno in alcun modo responsabili di perdite, danni, ferite o morti risultanti dall'utilizzo delle informazioni contenute all'interno. In altre parole, non fatelo a casa, amici!

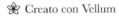 Creato con Vellum

OTTIENI IL TUO LIBRO GRATIS!

Iscrivetevi alla newsletter di Renee per ricevere Indomita, scene bonus gratuite e notifiche riguardo a nuove pubblicazioni!

https://BookHip.com/MGZZXH

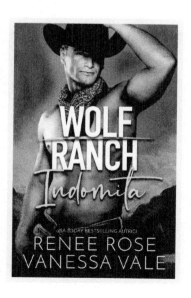

CAPITOLO UNO

Sasha

GLI UOMINI di mio padre dissero che gli rimanevano solo pochi giorni di vita. Forse ore. Eravamo a casa sua a Mosca, una residenza in cui non mi era mai stato permesso di entrare.

Un posto che odiavo da quando ero piccola.

Significava poco per me ora. Così come la sua morte imminente.

Non potevo dire di amare quell'uomo. Era stato un padre terribile e un partner anche peggiore per mia madre. Partner, non marito, no, non aveva potuto sposarla.

Era contro il codice bratva.

Era stata la sua amante mantenuta per trent'anni, fino alla settimana scorsa, quando l'aveva informata che ora sarebbe stata l'amante di Vladimir, il suo braccio destro. Esatto: aveva letteralmente assegnato la sua amante a un altro uomo. Come se fosse stata una puttana in suo possesso. No, peggio di una puttana: come se fosse stata la sua schiava.

Lei non aveva avuto scelta in merito.

Come dicevo non era un brav'uomo, mio padre.

«Vieni, Sasha, tuo padre vuole vederti» disse mia madre a bassa voce. Mia madre, una volta bellissima, appariva improvvisamente vecchia. Era pallida, il viso tirato e solcato dal dolore.

Nonostante tutto, amava ancora profondamente mio padre.

La seguii nella stanza. Non voleva morire in ospedale, quindi la sua grande camera da letto era stata convertita. Le macchine mediche lo circondavano; c'erano infermieri in servizio ventiquattr'ore su ventiquattro e sette giorni su sette. Le tende erano aperte, e lasciavano entrare il sole estivo attraverso le grandi finestre.

«Aleksandra.» Mi chiamò con il mio nome completo.

Sussultai. Era ancora formidabile come sempre, persino magro e fragile nella veste a righe cremisi. Il suo viso era di un mortale pallore grigio.

«Vieni.» Mi chiamò al suo fianco. Mi avvicinai a malincuore. Potevo anche avere ventitré anni, ma qualcosa in quell'uomo mi faceva sentire ancora una bambina errante. Mi prese la mano e io dovetti impegnarmi per non rabbrividire alla sensazione delle sue dita secche e ossute che tenevano le mie.

«Sasha, provvederò a te» disse. Tossì.

Deglutii.

Provvedere a noi era stata l'unica cosa buona che aveva fatto per me e mia madre. Avrei dovuto essere grata. Avevamo vissuto nel lusso per tutta la vita. Avevo anche potuto frequentare un college di mia scelta negli Stati Uniti, la University of Southern California, dove avevo studiato recitazione. Ma ovviamente mi aveva richiamata indietro nel momento in cui mi ero laureata.

Ed ero tornata perché teneva lui i cordoni della borsa.

Se mi avesse lasciato abbastanza soldi nel testamento, avevo intenzione di tornare in America per seguire i miei sogni.

«Tuo marito arriva oggi.»

All'inizio non capii nemmeno le sue parole. Sbattei le palpebre. Guardai mia madre alle mie spalle. «Scusa?» Sicuramente avevo sentito male.

«L'uomo che ti sposerà. Per proteggerti e gestire i tuoi interessi finanziari.»

Ritirai la mano. «Scusa, *cosa?*»

La rabbia tremolò sul viso di mio padre e il mio corpo rispose istantaneamente con un tremito. Non importava quanto provassi a non preoccuparmene, ero ancora la bambina che moriva dalla voglia di compiacerlo, di conquistarne l'amore. Di farsi notare e ottenere attenzione, per una volta.

Ovviamente non lo avevo mai dimostrato. Ormai con lui interpretavo il ruolo dell'adolescente ribelle da molto. Scossi i capelli per metterci un po' d'enfasi. «Io non sposo nessuno.»

Mi puntò un dito contro. «Farai quello che ti dico di fare, e ringrazia che ho trovato un modo per proteggerti e provvedere a te dalla tomba.» Un po' di saliva gli scappò dalla bocca.

Mi si agitò lo stomaco. Era troppo inquietante vedere la morte devastargli il corpo e non esserne colpita, ma non volevo che me ne importasse. Volevo solo odiarlo per tutto quanto.

Lo odiavo.

«*Chi?*» chiesi. «Chi dovrei sposare?»

Bussarono alla porta e mio padre annuì, come soddisfatto. Entrò Vladimir. «Maxim è arrivato.»

Mi si bloccò il respiro come se avessi ricevuto un pugno nello stomaco.

Maxim.

Certo, come no. Che razza di piano malato e contorto era quello?

Maxim, l'affascinante e potente ex protetto di mio padre? Quello che avevo fatto esiliare con le mie bugie?

Maxim entrò, e io indietreggiai da mio padre verso l'angolo in ombra, lì dove se ne stava mia madre in piedi a torcersi le mani. «Lo sapevi» la accusai.

Le lacrime le riempirono gli occhi. Ne fui contenta, perché mi aiutarono a ricacciare indietro le mie.

«Maxim.» Mio padre gli tese la mano.

Maxim guardò nella nostra direzione e feci per andarmene, ma mia madre mi afferrò per un braccio e mi tenne ferma. Vladimir, che era entrato anche lui nella stanza, si spostò davanti alla porta come per bloccarla. Come una guardia carceraria.

Dal bel viso di Maxim non trasparì nulla. La sola vista di lui dopo sei anni mi fece battere forte il cuore. Indossava la stessa imperscrutabile maschera che ricordavo. Sicuramente mi odiava dopo quello che avevo fatto. Strinse la mano di mio padre, mettendosi in ginocchio accanto al letto. «Papà.»

Papà. Era così che chiamavano mio padre, perché era il capo. In un certo senso, supponevo che fosse come un padre per Maxim, che ricordavo essere scappato da un orfanotrofio all'età di quattordici anni. Probabilmente era stato un padre migliore per lui di quanto non fosse mai stato per me, sangue del suo sangue.

«Finalmente sei arrivato» gracchiò quello posandogli la

mano libera sulla spalla come un prete intento a benedire.

«Ho una richiesta in punto di morte, Maxim.»

«Che cosa?» La voce di Maxim suonò bassa e rispettosa. Guardandoli, non sarebbe mai stato possibile dire che mio padre lo aveva bandito, e non solo dalla sua cellula ma anche dal Paese.

«Hai seguito il Codice dei Ladri?»

Maxim annuì.

«Non hai preso moglie né ti sei fatto una famiglia?»

«*Net.*»

«Bene. Contravverrai ora per sposare Sasha» disse mio padre.

Anche se in parte me lo aspettavo, le parole mi colpirono ancora come un'onda di marea: si infransero su di me gettandomi nel panico.

Maxim mi dava la schiena dalle spalle larghe, quindi non riuscivo a vederlo in viso, ma doveva essere inorridito quanto me.

Si alzò lentamente, fece scivolare le mani in tasca e aspettò, senza dare una risposta.

«Le lascerò le mie quote di tutti i pozzi di petrolio solo finché sarà sposata con te. Ne gestirai gli interessi finanziari e la proteggerai dalle minacce. Se muore prima di avere figli, gli interessi saranno trasferiti a Vladimir, che è incaricato di guidare la cellula di Mosca e di prendersi cura di Galina, sua madre.»

«Mi stai vendendo» soffocai dall'angolo.

Certo che mi stava vendendo... proprio come aveva venduto mia madre.

«*Silenzio!*» Mio padre alzò una mano nella mia direzione, senza nemmeno degnarsi di guardarmi.

Maxim però si girò. Mi lanciò un'occhiata lunga e meditata, probabilmente ricordando a sé stesso come gli avevo rovinato la vita. Ormai avrebbe avuto il posto di Vladimir, al timone della bratva, non fosse stato per me.

Strinsi le labbra, così non le avrebbe viste tremare.

«Non è vergine» disse mio padre, come scusandosi per aver consegnato merce difettosa.

Mi venne da vomitare.

«Ha vissuto un periodo selvaggio fuori dal mio controllo quando è andata al college in America. Ma comunque sei abituato alle americane, no?»

Eppure, Maxim non disse nulla.

«Lo farai per me» disse mio padre. Non era una domanda, era un ordine, ma osservò attentamente il volto di Maxim, alla ricerca di indizi. «Riportala a Chicago con te. Tienila fuori dalla mischia, protetta e al sicuro. Goditi i suoi soldi.»

Maxim si passò una mano sul viso.

«Puoi punirla per la bugia che disse su di te. Nessun rancore, eh? Ti sei comportato bene in America. Ho sentito che Ravil vive come un re e tu ne godi i benefici.»

Mi paralizzai al sentire che mio padre sapeva della mia menzogna.

«E se muoio prima?» chiese Maxim. Meri affari. Era una transazione. Mio padre offriva una dote per la mia mano. «Chi sarà il beneficiario degli interessi di Sasha?»

«Vladimir» disse mio padre.

Scosse leggermente la testa. Vladimir era nella stanza, ma Maxim non guardò verso di lui. «Nomina Ravil» disse. Ravil era il capo della filiale di Chicago della bratva e il capo di Maxim fin dal suo esilio.

Mio padre ci pensò su e poi guardò Vladimir. «Fai il cambiamento» ordinò. «E mandaci l'impiegato.»

Vladimir uscì immediatamente dalla stanza.

«Lo farai per me» ripeté guardando Maxim.

Maxim chinò la testa. «Sì.»

«Non mancare di rispetto al mio nome mancando di rispetto a mia figlia.»

«Mai» rispose quello immediatamente. Si voltò di nuovo e mi studiò. Qualcosa nel mio basso ventre svolazzò al suo sguardo scuro. Se mio padre avesse ottenuto quello che voleva, sarei stata di proprietà di quell'uomo. Mi avrebbe controllata completamente. Tutto il mio destino era nelle sue mani.

Ma non avevo intenzione di sdraiarmi per interpretare l'amante sottomessa, affettuosa e sempre disponibile come aveva fatto mia madre.

Fanculo.

Io avevo intenzione di opporre resistenza.

~

Maxim

FANCULO.

Non potevo proprio rifiutare a Igor il suo ultimo desiderio o ordine, a seconda dei casi. Ma che cazzo di bomba…

Dovevo sposare Sasha, la mocciosa principessina della *mafia*. Quella che mi aveva rovinato la vita. Non che fossi pentito di aver lasciato Mosca. Igor aveva ragione: la vita era molto più facile a Chicago sotto la guida di Ravil. Non avevo la costante sensazione che un coltello stesse per conficcarmisi nella schiena come qui. Ma ora quell'impressione sarebbe tornata.

Certo, era per quello che aveva bisogno che la sposassi.

Gli interessi sui pozzi petroliferi di Igor valevano almeno sessanta milioni. E i suoi colleghi erano sgradevoli, per usare un eufemismo. Eravamo una confraternita di ladri, dopotutto. Quindi dovevo presumere che almeno trenta uomini avrebbero voluto rubare quella fortuna in qualsiasi modo possibile, uccidendo Sasha, uccidendo me o addirittura facendo fuori l'intera cellula di Chicago.

Ma io ero un risolutore. Come Ravil ero un maestro stratega, la mia reputazione diceva che sapevo superare i miei avversari con la logica. Igor sapeva che i suoi amici e nemici ci avrebbero pensato due volte prima di provare a rubargli la fortuna, se me ne fossi occupato io.

Guardai bene la mia sposa riluttante e manipolatrice. Era ancora più bella di quando, a diciassette anni, l'avevo trovata nuda nel mio letto, intenzionata a sedurmi.

Era bellissima, da morire, come sua madre. Capelli rossi lunghi e folti. Zigomi alti, pelle di porcellana. Aveva gli occhi azzurri luminosi e le labbra dal perfetto arco di Cupido. Il suo sguardo socchiuso era pieno di dolore e rabbia.

Bljad'. Avrei avuto il mio bel da fare con lei.

Vladimir tornò con i documenti e un funzionario governativo dall'aria nervosa, che presumevo essere un impiegato del Dipartimento dei servizi pubblici. Probabilmente l'avevano pagato o minacciato affinché facesse una visita a domicilio invece di costringerci a recarci da lui.

Se ci fosse stato qualcuno al fianco di Igor, avrei chiesto di rivedere la sua volontà per assicurarmi che l'accordo fosse davvero come lui affermava. Ma era Igor, l'uomo che mi aveva letteralmente salvato la vita, mi aveva preso sotto la sua ala protettrice e mi aveva reso chi ero oggi. Non avevo intenzione di insultarlo. Se la sua ultima richiesta era che sposassi sua figlia, lo avrei fatto.

D'altra parte, Vladimir avrebbe potuto cercare di fottere mia moglie con i suoi soldi, ed era proprio quella la ragione per cui Igor mi aveva inserito in quel pasticcio.

Tenni la voce bassa e rispettosa. «Vuoi che prima lo esamini, Papà?»

Ci pensò su un momento, poi annuì, quindi presi il fascio di carte e le sfogliai il più velocemente possibile. C'erano previsioni per Galina, ma passava tutto per Vladimir. A parte l'interesse petrolifero, le uniche partecipazioni commerciali legittime di Igor, tutto il resto sarebbe andato a Vladimir, con disposizioni rigorose di fornire indennità mensili e protezione a Galina.

L'interesse petrolifero sarebbe finito in un fondo fiduciario per Sasha, con me come fiduciario. Dovevamo rimanere sposati o avremmo perso i pozzi, che sarebbero andati a Vladimir o, in sua assenza, a Galina. Se fosse morta prima, Vladimir sarebbe diventato il fiduciario. Se fossi morto prima io, lo sarebbe diventato Ravil. Annuii e consegnai le carte a Igor perché le firmasse.

L'impiegato si schiarì la voce e si agirò sul posto.

«Siamo pronti» gli dissi.

Galina spinse in avanti un'arrabbiata Sasha affinché si mettesse accanto a me. «Non ci posso credere» si lamentò in inglese, forse perché il padre non la capisse. Per fortuna conosceva la lingua, altrimenti la nuova vita le sarebbe apparsa ancora più difficile.

«Hai degli anelli?» mi chiese l'impiegato sudato.

«No.» Scossi la testa.

Igor prese un anello di platino dal mignolo. Lo indossava da quando lo conoscevo. Ricordai che mi diceva cose del tipo: «Anch'io ho iniziato con niente, Maxim, e ora indosso anelli di platino.»

Gli tremò la mano quando me lo porse. Il suo respiro era affannoso.

Galina se ne accorse e si precipitò al suo fianco. «Va tutto bene, amore mio? Hai bisogno di altra morfina?»

«Prosegui» incalzò con impazienza l'impiegato. «Sposali.»

Quello deglutì e si lanciò in un breve scambio di anelli. Infilai l'anello di Igor al dito di Sasha e dissi all'impiegato di saltare la parte in cui lei avrebbe dovuto fare lo stesso con me.

«Ora vi dichiaro marito e moglie. Puoi baciare la sposa.»

Mi parai davanti a Sasha ma lei si girò dall'altra parte, quindi le piazzai un bacio sulla guancia. «Fatto» dissi a Igor.

«D-dopo che avrete firmato il certificato» balbettò l'impiegato.

Gli strappai la penna di mano e scarabocchiai una rapida parvenza della mia firma sul foglio, poi passai la penna a Sasha.

Non strinse le dita intorno alla penna. Mi guardò; in quegli occhi blu oceano turbinava un accenno di ribellione. Come se uno dei due avrebbe davvero potuto fermare la palla che ormai rotolava da molto prima del nostro ingresso nella stanza.

«*Firma*» scattò Igor. O tentò di scattare. Gli uscì più un rantolo rabbioso.

Galina serrò la bocca. «Firma, Sasha.»

Sasha impugnò l'elegante penna stilografica; i muscoli intorno alla mascella le si irrigidirono mentre firmava il certificato.

L'impiegato firmò e fece un cenno a Vladimir. «Fatto. Lo farò archiviare tra un'ora.» Le mani gli tremarono mentre riponeva il certificato in una cartella, che strinse al petto.

«Bene. Porta qui le copie e riceverai il resto del pagamento.»

L'impiegato uscì come se la stanza fosse in fiamme, e

tutti ci rivolgemmo a Igor, il cui respiro si era trasformato in rantolo.

«Prendigli la morfina!» gridò Galina a Vladimir, che chiamò un'infermiera.

Era tutto troppo da digerire. Igor che stava morendo. Il mio matrimonio improvviso. La mia sposa triste.

«Sasha» ansimò Igor. Era irrequieto nel letto, agitava le gambe sotto le coperte come se non riuscisse a respirare. O stesse soffrendo. Le labbra gli stavano diventando blu. «Vieni.»

Quando non si mosse, le misi una mano gentile sulla parte bassa della schiena e la spinsi avanti, verso di lui. L'infermiera gli fece prendere per bocca un medicinale con il contagocce. Prese la mano della figlia.

«Sasha» disse di nuovo.

«Che c'è?» Sentii le lacrime nella voce di Sasha. Anche della rabbia.

«Fidati... di Maxim» le disse.

La pelle d'oca mi corse sulla pelle, su e giù per le braccia e le gambe. Sulla nuca. I timori di Igor per la vita della figlia forse erano più sostanziali di quanto inizialmente non avessi immaginato. O forse aveva paura che scappasse.

Bljad'.

Fece un breve respiro. Poi il nulla.

«Igor!» Galina pianse.

«Papà?» Nella voce di Sasha risuonò un tono di allarme.

Igor respirò di nuovo.

«Oh!» Galina fece un sospiro.

Ma fu il suo ultimo respiro. Il suo corpo si contrasse mentre la vita se ne andava.

Per la prima volta, Galina mi guardò. «Ha aspettato

che arrivassi, per morire» disse, ma era un'accusa, non un complimento.

Ci avevo messo troppo a venire. Avevo evitato le chiamate per non sapere cosa volesse darmi prima della morte.

Temevo che fosse la posizione di capo della bratva di Mosca. O un'altra comunque alta. Pensavo mi stesse richiamando in servizio.

Mai e poi mai avrei immaginato che volesse farmi sposare sua figlia.

«Possa la terra essere lieve per lui» mormorai il tradizionale detto russo, poi mi voltai e uscii.

Non avevo tempo per piangere la perdita di un uomo che mi aveva già cacciato dalla sua vita sei anni fa. Dovevo capire come tenere al sicuro la sua testarda figlia, visto che lei non desiderava starmi vicina.

CAPITOLO DUE

Sasha

«DOVE STAI ANDANDO CON QUELLO? Fermati! È di mia madre» dissi bruscamente a Viktor, uno degli uomini di mio padre. Era uno dei quattro idioti che oggi avevano fatto irruzione con tanto di scatoloni nell'appartamento da una camera in cui avevo vissuto nell'ultimo anno per mettersi a impacchettare tutto. In quel momento stava mettendo via l'insalatiera che avevo preso in prestito da mia madre la settimana precedente.

«Sto solo eseguendo gli ordini» mi disse.

Gli ordini di Maxim. Buffo che gli obbedissero, dato che Maxim non aveva nemmeno una posizione nell'organizzazione.

Anche a me Maxim in mattinata aveva dato degli ordini via sms: *Saluta e prepara due valigie, perché partiamo nel pomeriggio.*

A differenza di Viktor e Alexsei e degli altri due soldati, io non avevo obbedito.

13

Non sarei andata da nessuna parte con Maxim. Non sapevo a che tipo di gioco contorto di giustizia poetica avesse giocato mio padre con le nostre vite, ma sposarmi con uno che mi odiava era stato la ciliegina sulla torta.

Mia madre, il cui appartamento, quello in cui ero cresciuta, era accanto, entrò senza bussare e si fermò a valutare la confusione. «Te ne vai oggi» disse. Come affermazione, non come domanda.

Scossi la testa. «No. Aiutami, a me non mi ascoltano. Digli di smetterla di fare i pacchi. Non vado da nessuna parte.»

Mia madre mi prese per mano e mi trascinò nella mia camera da letto mezza piena. Quando scoprì che c'era un ragazzo anche lì dentro, mi trascinò in bagno e chiuse la porta.

«Ascoltami, Sasha» sussurrò.

Le scrollai di dosso la mano. «Che c'è?»

«Tu *parti*. Tuo padre non mi ha lasciato niente. *Niente*. Ha lasciato tutto a Vladimir e a te, con la curatela del tuo ex amante.»

«Non era il mio...»

Mia madre agitò una mano impaziente. «Non importa. Maxim ha il controllo ora. Quindi devi andare con lui, essere gentile e assicurarti che i soldi rimangano dove dovrebbero rimanere: con noi.»

La fissai. Mi sorprese quel suo lato. Era sempre stata passiva e compiacente con mio padre. Aveva preso quello che ci aveva dato senza mai chiedere di più.

Ma con lui fuori dai giochi, forse all'eventualità di perdere tutto stava scoprendo la sua vulnerabilità. Vulnerabili lo eravamo entrambe.

La ribelle che c'era in me avrebbe voluto dirle *col cavolo*. Avevo dei principi che non mi permettevano di essere venduta a un membro dell'organizzazione di mio padre.

Ma io non avevo mezzi di sussistenza, e nemmeno lei. La laurea in recitazione americana era inutile sia qua sia là. L'unico lavoro che avevo svolto era stato un lavoretto al college che mi aveva portata a vestirmi in modo sexy per distribuire qualsiasi prodotto stessimo promuovendo. E l'avevo fatto solo per divertimento, non per soldi.

Onestamente? Non dovevo lavorare. I soldi di mio padre erano destinati a noi, era solo stato uno stronzo per come ce li aveva dati.

«E Vladimir? Dovrebbe provvedere a te.» Non mi ero mai decisa a chiedere di lui prima, perché sapevo che non avrei potuto tenere la bocca chiusa sul madornale errore della situazione.

Mia madre strinse i denti. «Vladimir dovrebbe provvedere a me, sì. Ma avrai tutto tu. E non ho garanzie che Vladimir manterrà la sua parte dell'accordo. *Non rinuncerai alla nostra eredità solo perché sei una vacca testarda.*»

Mi ritrassi, sorpresa da tante meschinità e disperazione. Come sull'orlo dell'esaurimento nervoso. O di un'azione folle.

«Non mi arrenderò» le promisi. «Maxim e io troveremo un accordo.» Era il mio piano fin dall'inizio. Non voleva avermi sul groppone più di quanto io non volessi essere la sua devota mogliettina. Tutto quello che dovevamo fare era riconoscerlo e avremmo potuto rinunciare alla convivenza e alla finzione. Sarei rimasta qui. Mi avrebbe mandato un assegno ogni mese. O meglio ancora, un bonifico.

Tornai in cucina, dove Viktor aveva impacchettato quasi tutto. Mi guardò, ma il suo sguardo andò oltre me, verso mia madre. «Stai bene, Galina? C'è qualcosa che posso fare per te?»

Era la nostra guardia del corpo da quando ne avevo memoria. Lui e Alexei, l'altra guardia, vivevano in quello stesso edificio e si alternavano per farci da babysitter. Immaginavo che fossero felici di liberarsi di me. Ma all'improvviso mi venne in mente che Viktor avrebbe potuto non provare lo stesso per mia madre. Da come la guardava...

Come avevo fatto a non accorgermene prima?

«Puoi aiutare mia madre lasciando in pace la mia merda» gli dissi. «Mettilo giù!» Scattai quando infilò il mio costoso frullatore in una scatola.

«Calmati.» Maxim entrò dalla porta di casa mia come ne fosse stato il proprietario. E forse lo era anche, chi poteva dirlo?

Era vestito in modo impeccabile, come sempre, con una button-down azzurra fresca di bucato e pantaloni su misura. Aveva le mani infilate nelle tasche nello stile casual alla GQ che assumeva sempre quand'era in piedi. Come se niente lo scomponesse mai.

La settimana precedente era stata un incubo nebuloso fatto di funerale e sepoltura. Mi ero dimostrata insensibile nel cercare di aiutare mia madre a sopportare il dolore. Troppo arrabbiata persino per analizzare il mio. Maxim si era tenuto a distanza, avevo sperato per poco interesse a mantenere in piedi il finto matrimonio.

Ma pareva mi fossi sbagliata. E ora mi pentivo di non aver provato a parlargli quel giorno, prima che mettesse in moto tutto quanto. Per dissuaderlo da quella follia.

«Verrà tutto spedito a Chicago. Se c'è qualcosa che vuoi lasciare a tua madre, diglielo e lo separeranno.»

Incrociai le braccia sul petto. «Non andrò a Chicago.»

«Questo non è in discussione» disse tranquillo, quasi come se si fosse aspettato la risposta ma non le desse peso. Abbassò lo sguardo sui miei seni, sollevati e incorniciati dalle braccia conserte. Oggi indossavo un miniabito attillato color oro rosa che avevo scelto per mettere in agitazione tutti gli uomini che sarebbero sciamati nel mio appartamento in mattinata.

Fui molto più soddisfatta di quanto non avrei dovuto nello scoprire che anche Maxim ne era influenzato.

«Ascolta.» Passai all'inglese perché noi lo parlavamo e gli uomini di mio padre no. «Lo so che adesso hai tu il controllo dei soldi. Mi sta bene. Farò la brava e ti ubbidirò. Ma non dobbiamo fingere di essere marito e moglie. So che non mi vuoi, e io ovviamente non voglio te.»

«Il matrimonio non riguarda quello che vogliamo, *cachapok*.»

Il vecchio vezzeggiativo che mi aveva dato – *zuccherino* – gli uscì dalla lingua con troppa disinvoltura e mi inviò un tripudio di vergogna e desiderio che minacciò di esplodermi di nuovo dentro neanche avessi avuto ancora diciassette anni.

«Tuo padre ti voleva al sicuro e ha scelto me come tuo protettore.»

Feci un gesto verso gli uomini che mi stavano smontando casa. «Viktor e Alexei mi terranno al sicuro, come hanno sempre fatto.»

Anche se stavamo parlando inglese, Maxim si avvicinò di un passo e abbassò la voce. «Pensaci, *cachapok*. Se tuo padre ti avesse creduta al sicuro con loro, non avrebbe organizzato tutto per spedirti in America. Non mi avrebbe coinvolto.»

Avrei voluto schernirlo. Io e mia madre eravamo praticamente proprietarie di Viktor e Alexei.

Dopo aver bandito Maxim, avevo capito quanto potere potevo esercitare con la mia sessualità. E poiché era l'unico potere che avevo esercitato nella mia vita, l'avevo usato. Avevo giocato con gli uomini di mio padre. Adescandoli, mettendomi in ginocchio per loro. Succhiandogli il cazzo.

Poi minacciando di dirlo a mio padre per ottenere da loro tutto ciò di cui avevo bisogno; di solito la libertà.

Ma un accenno di presentimento mi attraversò, alle parole di Maxim. Aveva ragione. Morto mio padre, era cambiato tutto. Non avevo più alcun potere.

«Vai a preparare le tue cose personali. L'aereo decolla tra un paio d'ore.»

Scossi la testa in modo malizioso. «Non ci penso proprio.»

Maxim si fermò, e mi risuonarono in testa i campanelli d'allarme. C'era un'aria pericolosa in lui. «Fai le valigie ora o viaggerai con quello che ti porterò io.»

«Lasciami qui» provai di nuovo. «Puoi avere i soldi; è per quelli che sarei in pericolo, giusto? Quindi tienili tu. Dammi solo abbastanza per vivere e starò lontano dai tuoi affari. Lasciami qui.»

«Pensi che ti abbia sposata per i fottuti soldi?» ringhiò. Il labbro superiore gli si arricciò. Non avrebbe dovuto essere così bello quando mi guardava con disprezzo dall'alto in basso. «Credimi, *cachapok*, non li volevo. Quelli, *e tu*, siete decisamente più problematici di quanto non valiate.»

Allargai le mani. «Allora vai. Ti sto liberando dai guai. Vladimir mi proteggerà qui.»

«Ho fatto una promessa a tuo padre, Sasha. Non la disonorerò tirandomi indietro.»

Alzai gli occhi al cielo.

Guardò l'orologio. «Il tempo sta per scadere, *zucchero*. A quanto pare viaggerai con ciò che è già imballato. Sali sulla macchina che ti aspetta fuori.»

Non so perché dovevo proprio spingermi oltre il limite. La testardaggine era sempre stata la mia rovina. Incrociai le braccia sul petto, sollevai il mento e osai dire: «Fanculo.»

Inclinò la testa. Mi aspettavo quasi uno schiaffo, come

a volte mi aveva dato mio padre, ma sembrò assolutamente imperturbabile. «Se dovrò costringerti, ci saranno conseguenze, Sasha.»

«Dai, provaci» lo sfidai.

Maxim non si stava divertendo per niente. Perse la postura rilassata e si lanciò in movimento, come un leone addormentato che balza all'improvviso. Con una mossa rapida, mi gettò sulla sua spalla e mi portò alla porta, abbaiando a uno degli uomini di prendere le mie valigie e portarle alla macchina.

La sua mano mi batté sul culo quando fummo fuori nel corridoio. «Ci sono conseguenze per la tua disobbedienza, *cachapok*.»

Sorprendentemente, non sembrava arrabbiato. Aveva la voce rilassata e uniforme, nonostante lo sforzo di portarmi. Mi dimenai sulla sua spalla, cosa che mi fece risalire la microgonna intorno alla vita. Mi sculacciò di nuovo, aprendo con un calcio la porta delle scale invece di aspettare l'ascensore. «Smettila di dimenarti o ci romperemo il collo entrambi» consigliò mentre iniziava a scendere rapidamente i gradini.

Trovai il retro della sua cintura e mi ci aggrappai. Il culo muscoloso gli riempiva i pantaloni, flettendosi mentre faceva le scale. Il calore mi turbinò nel basso ventre mentre la vecchia attrazione per quell'uomo riprendeva vita. Ricordai che aspetto aveva sul ponte dello yacht di mio padre. Senza la camicia, la pelle abbronzata al sole. Un Adone: muscoli scolpiti e linee perfette, nel pieno della giovinezza.

E non era meno attraente ora, a trent'anni.

Uscì dall'edificio e io allungai la mano per tirarmi giù l'orlo, arrabbiata perché stavo dando spettacolo all'autista e agli uomini di fuori. Mi mise giù, e quando l'autista aprì la portiera posteriore e si sistemò in attesa, mi spinse all'interno della spaziosa Towncar.

Maxim gli disse qualcosa prima di salire accanto a me e chiudere la portiera, poi chiuse di scatto il finestrino tra il sedile anteriore e quello posteriore. Il modo in cui mi guardò fece contorcere tutto dentro di me. C'era una promessa oscura in quello sguardo. Come se si divertisse a punirmi.

Ci saranno conseguenze.

Cercai di controllare il rossore, uno degli aspetti negativi dell'essere una rossa. «E allora? Mi punirai, come ha suggerito mio padre?» Che sciocca a spingere ancora. Ma era Maxim, e non mi ero mai ripresa dal fatto che da ragazzini mi disprezzasse.

Fui sicura di vederne gli angoli delle labbra contrarsi appena prima che mi tirasse sulle sue ginocchia.

Ero allo stesso tempo elettrizzata e inorridita. Il mio corpo era già un cavo sotto tensione per essere stato ignominiosamente maltrattato da lui fuori dall'edificio. Ora, con la promessa della punizione, l'elettricità risuonò ovunque.

Mi diede parecchie sculacciate, cinque per l'esattezza, poi mi strinse il culo rudemente. Il miniabito mi salì sui fianchi, esponendo la parte inferiore del culo. Indossavo un perizoma, e dato che l'abito mostrava tutto Maxim ora aveva una visione completa delle natiche.

Non emisi suono. Respiravo a fatica, ma più per lo shock che per il dolore, anche se un formicolio e un bruciore iniziarono a manifestarsi mentre continuava a impastarmi e massaggiarmi il culo.

Era piacevole. Umiliante, ma bollente. E quando le sue dita mi accarezzarono le gambe, sopra al perizoma, mi resi conto di quanto fosse ancora il mio uomo ideale.

Mi ero innamorata – o forse era stata solo lussuria – di

lui sullo yacht in Croazia, e anche se le cose erano andate terribilmente male sembrava che l'attrazione non fosse mai morta. Il calore mi pulsò tra le gambe. Maxim strofinò lungo la cucitura delle mie mutandine, tracciando il filo tra le natiche, e poi scese di nuovo giù. Inzuppai il triangolino di stoffa, incredibilmente eccitata.

Nel momento in cui mi infilò un dito sotto le mutandine, però, i miei allarmi interni tornarono attivi. Gli scalciai in grembo.

La verità era che non avevo mai permesso a un uomo di toccarmi lì.

Avevo ostentato e bluffato la mia esperienza sessuale per ribellarmi a mio padre, ma alla fine ero stata davvero la brava ragazzina che lui voleva che fossi.

E Maxim poteva pensare di poter fare quello che voleva con me, di avere diritti sul mio corpo perché di fronte a un impiegato mi aveva dato l'anello di mio padre, ma non sarebbe accaduto.

Ondeggiai le gambe verso il pavimento della macchina e lui mi lasciò andare. Atterrai in ginocchio ai suoi piedi. «Non farò sesso con te» dichiarai, con i capelli arruffati che mi ricadevano sul viso.

Mi lanciò uno sguardo insondabile. Era sempre difficile da capire. «Spero che tu sia brava a soddisfarti, allora, perché nessun altro uomo si metterà tra quelle gambe.»

Arrossii per l'indignazione, probabilmente di un rosso più scuro dei miei capelli, ma prima che potessi pensare a una risposta lo sportello di Maxim si aprì e uno degli uomini mi afferrò la borsa. «Metto le valigie nel bagagliaio» disse a Maxim, poi lanciò un'occhiata a me, inginocchiata ai piedi di mio marito, e sorrise.

«Non guardarla» ordinò Maxim sbattendogli la portiera in faccia. Mi afferrò il gomito e mi aiutò a rimettermi seduta accanto a lui. «Scusa» disse cogliendomi di sorpresa. «Avrebbe dovuto bussare.»

«Immagino che pensi di possedermi» ribollii, ancora attaccata all'affermazione che aveva fatto sul mio corpo.

«Penso che tu sia mia moglie» disse in tono piatto, trasmettendo in qualche modo tutto il fastidio che provava per la situazione. «E ti prometto che ucciderò chiunque ti tocchi.»

CAPITOLO TRE

Maxim

Sasha arrossì alla minaccia. L'auto si mise in moto, diretta all'aeroporto. Mi spostai per aggiustare lo spazio nei pantaloni.

Non volevo umiliarla con la sculacciata, ma quando aveva suggerito la punizione non ero riuscito a trattenermi. Il suo culo era così dannatamente allettante in quel vestito aderente che indossava, e non aveva fatto altro che chiedermi di essere messa in riga da quando oggi mi ero presentato.

A giudicare da quant'era bagnata, le era piaciuto quanto a me. Ma non avrei dovuto cercare di soddisfarla. Non c'era fiducia tra noi in quel momento. Inoltre, se non si fosse tirata indietro, lo sciacallo che aveva aperto lo sportello non si sarebbe certo limitato a un'occhiatina.

«Suppongo che le stesse regole non varranno anche per te.»

«Non permetterò a nessun uomo di mettersi tra le mie

gambe, no.» Ero uno stronzo, certo, ma lei era già una tale spina nel fianco che non sapevo come tollerare quel matrimonio. Avevo imparato in giovane età che le donne erano manipolatrici bugiarde, e sapevo che Sasha era una delle peggiori.

«Ti scoperai chiunque tu voglia mentre mi tieni sotto chiave. È così che funziona?»

Cercai di respingere l'irritazione. Provai a raccogliere un po' di comprensione e compassione. Non era colpa sua se pensava il peggio di me. Il padre aveva dato prova di tutti i comportamenti maschili più bassi. Le afferrai i capelli e le tirai indietro la testa, poi feci scivolare la bocca lungo la colonna del suo collo. «Se vuoi un accordo diverso, *sacharok*, allora rivendicami.» Aprii la bocca e le morsi il seno sopra il vestito e il reggiseno.

Sollevò il bel petto come una damigella in un corsetto svenuta per il tocco audace del suo gentiluomo cortigiano.

Le baciai la clavicola, l'incavo della gola. Trascinai la lingua tra i seni. Aveva un profumo delizioso, di agrumi e spezie. Come il sole e l'estate. Il cazzo mi diventò più duro della pietra. Ora che l'avevo toccata, ora che avevo sentito quanto fosse morbido e sensuale il suo corpo, quanto fosse reattivo, il mio controllo si affievolì.

«Mi stai dicendo che saresti fedele se facessi sesso con te?» La vibrazione della voce ne smentì il tono audace.

«Sì» dissi, io stesso scandalizzato.

Eh. Non avrei mai immaginato di impegnarmi con una donna. Ma d'altronde, mai avrei immaginato di sposarmi. Specialmente non con una giovane ricca e caparbia cui avrei dovuto proteggere la vita. Ma no, non l'avrei presa in giro. Non in caso di un vero matrimonio.

Inarcò le tette piene e rotonde quando le morsi il capezzolo sopra al tessuto. «Io… io non ti credo.» Il suo respiro era corto. Le mani trovarono la strada verso le mie spalle.

«Arrenditi, Sasha» la persuasi, «e mi conserverò per te.»

Mi diede una spinta decisa, e io la rilasciai immediatamente e mi appoggiai allo schienale. Potevo anche costringerla a salire sull'aereo, ma non avrei mai fatto pressione sulle donne per il sesso. Non era da me. Non lo era mai stato.

«Non sono la tua puttana» disse.

Strinsi gli occhi; il dolore alle palle mi rese irritabile. *Perché cazzo aveva detto una cosa del genere?* «No, sei mia moglie. E prima lo accetti, più facile sarà per entrambi.»

«Non ho intenzione di renderti la cosa facile.» Incrociò le braccia e poi le lunghe gambe nude.

«Attenta, Sasha» la avvertii. «Vale per entrambi.»

Dopo un attimo di silenzio, mormorò imbronciata: «Non ho il passaporto.»

Mi era stato dato insieme a tutte le scartoffie relative al matrimonio, al fondo fiduciario e al testamento di Igor. A quanto pareva, Igor glielo aveva preso per tenerlo al sicuro. Il passaporto e il certificato di nascita avevano il cognome di sua madre. Igor era stato attento a non renderla un bersaglio inserendo il suo. Le avrei dato il mio, però. Non avevo alle calcagna persone che volevano spararmi come era stato per Igor. Sarebbe stata lei a mettermi in pericolo, quindi dovevo rendere chiaro a tutti i potenziali nemici che era permanentemente sotto la mia ala protettiva. «Ce l'ho io.»

Alzò gli occhi al cielo. «Certo. Perché non ci si può fidare del fatto che le donne si tengano i propri documenti.»

Mio malgrado, frugai nella tasca della valigia e lo estrassi. Non ero sicuro che non sarebbe scappata, quindi probabilmente darglielo era una pessima idea, ma prima o poi avremmo dovuto imparare a fidarci l'uno dell'altra. Glielo passai. «Mi fido di te, zuccherino» mentii.

Sbatté le palpebre sorpresa, poi mi studiò sospettosa prima di metterselo nella borsa.

Tirai fuori il portafoglio, presi una carta di credito e gliela passai. «Puoi usarla, se ne hai bisogno. Vladimir ha già chiuso i conti sulle carte che ti aveva dato tuo padre.»

Si accigliò. «Davvero?» Scosse la testa. «Che stronzo.»

Annuii, d'accordo. «Credi davvero che si prenderà cura di tua madre?»

Si fermò e mi guardò di traverso, poi scosse lentamente la testa. «No. Penso che mio padre debba aver perso la testa quando ha messo in piedi quell'accordo. Tutti gli accordi.»

«Significa che non ti fidi nemmeno di me?»

Alzò le spalle. «Sembra una punizione. Non sono mai stata la figlia dolce e affettuosa che voleva che fossi. Per quale altra ragione avrebbe dovuto legarmi all'unico ragazzo della sua organizzazione che aveva un buon motivo per odiarmi? Starà ridacchiando nella tomba, in questo momento.»

Feci un verso vago e guardai fuori dalla finestra. La odiavo per quello che aveva fatto? Per aver mentito su di me e avermi fatto cacciare dalla cellula di Igor?

Forse all'epoca sì. Aveva consolidato i miei sentimenti sulle donne, confermandole come rompicoglioni bugiarde e manipolatrici. Ma non sapevo se la odiavo ancora. Certo, pensavo che fosse una petulante e viziata principessa della *mafia*, ma sapevo anche che era esattamente come Igor l'aveva creata.

Possibile che non corresse alcun pericolo e che quella fosse solo la punizione finale di Igor per entrambi? Che avesse messo in atto una sorta di sonora ironia per accoppiarci dopo che l'ultima volta ci eravamo fregati così bene? Che i suoi soldi non fossero effettivamente ciò che metteva in pericolo Sasha, ma solo il collante per tenerci legati?

Forse.

Ma ne dubitavo. Conoscevo il funzionamento della bratva. Quella era una delle tante macchinazioni di Igor, sì, ma credevo ancora che confidasse nel fatto che fossi in grado di mantenere in vita Sasha.

Non era sicuro degli uomini a lui più vicini a Mosca.

«Non ti odio per il passato» dissi infine guardando ancora fuori dal finestrino. «Ma non disdegno l'idea di punirti.» Igor aveva piantato il seme della punizione nei suoi confronti. Dopo aver sperimentato il piacere di sculacciarle quello splendido culo, non avevo intenzione di permettere che se la cavasse.

Sentii un brivido attraversarla. Lanciai un'occhiata accanto a me, dove era seduta. Le sue labbra imbronciate erano socchiuse e vidi un lampo di eccitazione e vulnerabilità. Uno scorcio di quella bellissima adolescente poco amata, alla disperata ricerca di attenzioni da ogni parte, e anche da me.

Ma nell'istante in cui s'accorse che la stavo guardando, chiuse la bocca di scatto e sollevò il mento. «Forse sarò io a punirti» tirò su con il naso.

Fanculo.

A me.

Forse era solo un grande scherzo malato di Igor.

∽

SASHA

. . .

MAXIM PAGÒ qualcuno al marciapiede perché ci prendesse i bagagli e ci facesse il check-in, così che potessimo andare direttamente alla fila dei controlli di sicurezza. Lì pagò qualcuno per farcela saltare.

Avevo dimenticato quanto fosse bello viaggiare con un uomo potente. Non che girassi senza soldi quando facevo avanti e indietro tra la California e Mosca. Ma non era lo stesso. Ero stata protetta per tutta la vita. Gli anni universitari erano stati divertentissimi — libertà e amicizie — ma non ero che una studentessa. Non avevo potere.

Non sapevo come oliare ingranaggi né chi corrompere. Ma forse quello era un club segreto di soli uomini, comunque. Le donne si affidavano alla bellezza per ottenere favori speciali. Con me aveva sempre funzionato.

Il miniabito attirava molte attenzioni. Onestamente, era più qualcosa che avrei indossato per andare a ballare in discoteca che per viaggiare. Lo stesso valeva per i sandali con plateau. Li avevo indossati per irritare Maxim, quando ancora avevo l'impressione che sarei stata in grado di dissuaderlo dal trascinarmi a Chicago.

Ma eccomi in aeroporto a mostrare troppa pelle. Oh beh, avrei potuto comunque sfruttare la cosa. Mi scossi i capelli e alzai un fianco, fingendo di essere una star del cinema e che fosse per quello che evitavamo la fila.

Maxim mi mise un braccio intorno alla vita e mi attirò più vicino a lui. Il mio seno gli sfiorò il petto, il capezzolo si tese nel reggiseno. Le mutandine erano ancora bagnate per via delle sculacciate in macchina.

Inarcai un sopracciglio ma non mi allontanai. Mi aspettavo un rimprovero o l'irritabilità che manifestava mio padre quando mi riteneva una troia. Mi piacque un po' di più la risposta di Maxim. «Mi stai rivendicando?» feci le fusa.

«Puoi giurarci» Si guardò intorno. «Altrimenti dovrò

uccidere ogni uomo che ti guarda, e non credo che funzionerebbe in un aeroporto.» Abbassò lo sguardo, dato che era più alto di me anche quando portavo con i tacchi. «Mi sembra di ricordare una vena di esibizionismo in te» disse.

Sbattei le palpebre, sorpresa dall'osservazione.

«Quindi penso che farò meglio ad accettarlo, o passerò il resto della mia vita a pulire il sangue dal pavimento.»

Fui ancora più sorpresa dalla risposta. Avevo una vena di esibizionismo? Mia madre aveva sempre detto che ero un'esibizionista. Mio padre mi diceva sempre di smetterla di chiedere attenzioni.

Ma Maxim non lo aveva detto come se fosse stato un difetto. La faceva sembrare una perversione. Qualcosa di sexy e caldo, non di stucchevole e debole.

Deglutii a fatica, ricordando all'improvviso perché credevo di essermi innamorata di Maxim in Croazia. Perché mi vedeva davvero. Prestava attenzione. Era forse l'unico uomo della mia vita che aveva guardato oltre i capelli rossi e il bel viso. Anche quando io stessa non sapevo chi fossi, sembrava che lui lo sapesse. Ricordai di essermi seduta sul ponte per guardare i delfini che giocavano nell'acqua durante una partita a carte ascoltando musica insieme. Mentre mio padre fumava sigari con i suoi uomini o si scopava mia madre nella loro cabina, Maxim era stato l'unico ad accorgersi della mia esistenza.

Ecco perché mi ero offerta a lui su un vassoio d'argento.

Come un'idiota.

«Finché tutti sanno che sei con me, non avremo problemi, zuccherino.» Mi tirò più vicina, inclinando il mio corpo contro al suo in modo da infilare la coscia tra le mie come se stessimo facendo una lambada sexy sulla pista da ballo. «Quando si ha qualcosa, tanto vale sfoggiarlo.» Mi fece l'occhiolino e io mi sciolsi ancora di più.

Dannazione a lui.

Strinsi l'interno coscia intorno al suo arto massiccio. Si sarebbe meritato una macchia bagnata sulla gamba dei pantaloni.

A lui non sembrò importare neanche un po'. La sua mano si abbassò, girando sul mio culo. «Possono guardare quanto vogliono» mormorò. «E puoi dare spettacolo. Basta che non provino a toccarti.»

L'addetto alla sicurezza ci chiamò e controllò biglietti e passaporti. Maxim mi tenne al suo fianco. La mia pelle fremette per la vicinanza, ma c'era di più: mi attraversò una strana soddisfazione. Sapere che Maxim era orgoglioso che fossi accanto a lui era una sensazione nuova. Certo, era solo perché ero un bel bocconcino – esattamente quello che mia madre era stata per mio padre – ma comunque la sensazione mi piaceva. Aveva in sé un potere inebriante. Qualcosa che credevo di aver cercato per tutta la vita, ma che avevo rinunciato ad avere perché mi ero rifiutata di concedermi a un uomo. Avevo giocato alla rizzacazzi, buttando l'amo e poi rilanciandoli nell'oceano.

Ora non avevo scelta. Appartenevo a Maxim. E lui non ne sembrava affatto dispiaciuto.

Ciò non significava che mi sarei sdraiata e avrei allargato le gambe per lui. Non significava che mi sarei comportata bene né che sarei stata dolce o una qualsiasi delle cose che mio padre con il suo approccio medievale si sarebbe aspettato da me. Ma sarebbe comunque potuta andare peggio.

Mio marito pensava che fossi sexy e me lo avrebbe lasciato dimostrare.

Favoloso. Perché quella era l'unica cosa che mi era sempre piaciuta e in cui ero brava.

CAPITOLO QUATTRO

Maxim

«NON FARÒ SESSO CON TE» affermò di nuovo Sasha a Chicago dopo che l'avevo guidata, tenendola per il gomito, oltre il mio capo, la sua amante incinta e il resto dei compagni di suite verso la mia camera da letto.

Non rimase impressionata dalla grandezza del Cremlino, il nome che il quartiere aveva dato all'edificio di venti piani di Ravil con vista sul lago Michigan. Non portavo spesso le donne nella suite, ma di solito sbavavano sull'attico che condividevo con i livelli più alti della confraternita: più di metà della storia della bratva era stata fatta nella nostra residenza privata.

«Sei preoccupata di non riuscire a soddisfarmi?» le risposi.

Per un istante vidi la sua fiducia perdere solidità, come se avessi toccato una ferita. Già, probabilmente quella che avevo lasciato quando l'avevo respinta sullo yacht in Croazia. In un lampo, però, la coprì tirando su con il naso e muovendo la lunga criniera rossa. «Come no» ribatté lei andando vicino alla parete di finestre per guardare le luci delle barche sull'acqua. Parlava inglese dal momento in cui eravamo saliti sull'aereo e, a parte un leggero accento sembrava proprio una studentessa universitaria americana.

Nonostante tutto, nonostante quello che mi aveva fatto, mi sentivo ancora protettivo nei suoi confronti. Forse perché avevo visto come la trattava il padre. Avevo visto la bella e ferita adolescente disperatamente desiderosa di essere amata.

Poteva anche essere un'adulta ora, ma riuscivo ancora a vedere attraverso la sua spavalderia.

Appoggiai la sua valigia sul comò e mi avvicinai. «Non intendevo questo, *sacharok*.» Le toccai leggermente la parte superiore delle braccia, insinuando il mio corpo contro il suo da dietro senza nemmeno entrare in contatto. Abbastanza vicino, così da poterne sentire il respiro corto. Da guardarle la pelle d'oca salire sul collo. Da assaporare il leggero calore del suo corpo. «Il mio compito è soddisfarti.» Abbassai la testa e le passai le labbra sulla spalla. «E credimi, bambola: lo saresti eccome.»

Smise di respirare.

Non è che morissi dalla voglia di consumare il matrimonio. Anche se Sasha era fottutamente sexy e la chimica tra di noi era ancora esplosiva. Stavo solo pensando che il sesso avrebbe potuto ridurre le distanze. Darci un punto di partenza.

Odiava che suo padre l'avesse ceduta come se avesse venduto un cavallo purosangue. Odiava che avesse scelto me, l'uomo che l'aveva umiliata proprio quando stava addentrandosi nella propria sessualità. Odiava soprattutto che adesso controllassi i cordoni della sua borsa.

Io stesso non ero particolarmente entusiasta di essere incastrato con lei. Ma Igor si era guadagnato la mia lealtà salvandomi la vita e prendendomi sotto la sua ala protettrice da giovane; lealtà che non si era esaurita quando mi aveva bandito.

Mi sarebbe piaciuto parcheggiare Sasha in un appartamento qualsiasi e fingere che non esistesse, ma non potevo. La sua vita era in pericolo, avevo la responsabilità di tenerla al sicuro. Quindi, che mi piacesse o no, saremo stati insieme. Probabilmente per il resto della nostra vita.

Tanto valeva trarne il meglio.

«Mai.» La chiusura di Sasha era indebolita dal tremolio della sua voce, dalla qualità senza fiato delle sue parole.

Il cazzo mi premette contro alla cerniera. Feci scivolare le mani sotto alle sue braccia per scendere lungo i fianchi. Il suo corpo si sciolse contro il mio. Le passai una mano sulla pancia, portai l'altra a stringerle il seno. «Sei mia adesso, Sasha» le mormorai all'orecchio. «Potresti anche goderti i benefici.»

Le tremarono le ginocchia. Feci schioccare la lingua contro al suo orecchio, le tirai il lobo tra le labbra e succhiai. Trovai il suo capezzolo sotto l'imbottitura del reggiseno e lo pizzicai.

Mi afferrò le mani e le tirò via, girandosi verso di me. «Mai.» Aveva le pupille dilatate, le guance arrossate. «Voglio una camera da letto separata.»

Scossi la testa. «Mai.»

Ci fissammo per pochi secondi. Riuscivo a vedere i suoi ingranaggi agitarsi, e dubitai che il prodotto sarebbe stato di mio gradimento.

«Non farò mai sesso con te» affermò.

«Oh, io penso di sì. Ma non perché ti avrò costretto, zuccherino. No: mi pregherai. E ti prometto che ti divertirai.»

Per una qualche ragione, la promessa sembrò farle

perdere fiducia per un attimo, ma alzò il mento. «Sogna, amico mio.» Scosse i capelli e si diresse verso il bagno privato. Sentii partire la vasca, quindi mi spogliai e strisciai nel letto. Non mi ero permesso di dormire sul volo di sedici ore, sapendo che saremmo arrivati a Chicago di notte, quindi ero stanchissimo, cazzo. Avevo guardato dei film in volo, ma Sasha si era intrattenuta con l'iPad, guardando episodio dopo episodio di *Downton Abbey*. Non sapevo perché la cosa mi avesse sorpreso, ma fu così. Quando glielo chiesi, mi disse che amava gli storici.

Probabilmente mi aspettavo che guardasse qualcosa di insulso. Una sciocchezza romantica. Ma avrei dovuto ricordare che aveva studiato teatro. Aveva senso che avesse un debole per gli spettacoli in costume.

Lasciai accesa la lampada da comodino e mi addormentai, per svegliarmi quando tornò.

Nuda.

Cioè, completamente nuda: nessun asciugamano, solo la sua pelle pallida e, cazzo, il paio di tette più belle che avessi mai visto. Diventai completamente duro prima ancora che il mio sguardo si abbassasse oltre il morbido rigonfiamento del ventre per intravedere il suo – *Gospodi* – sesso nudo.

O si era rasata per me lì dentro, o era stata recentemente depilata.

Fanculo.

«Cosa stai facendo?» chiesi mentre si avvicinava al letto e tirava giù le coperte per salire.

«Io dormo nuda» disse.

Prima di tutto: stronzate. *Erunda.* Secondo, non avrebbe giocato la carta della manipolazione sessuale con me. Non di nuovo. Sarebbe finita subito.

«Zuccherino, se sali sul letto nuda ti scoperò così forte e così bene che domani camminerai con difficoltà.»

Si bloccò. I capezzoli si strinsero come bulloni e vidi la pelle d'oca correrle sulla pelle. Si raddrizzò e piegò un fianco, una mano sulla vita. «Hai detto che non mi avresti obbligata.»

Feci spallucce. «Se vuoi che mi trattenga, *sacharok*, tieniti addosso i vestiti. E non dico altro.»

Ci fissammo. I seni perfetti si alzavano e abbassavano seguendo il suo respiro rapido. Qualunque cosa mi vide in faccia, dovette capire che non stavo cazzeggiando, perché si voltò dall'altra parte. «Bene.»

Guardai la contrazione del suo splendido culo mentre si pavoneggiava verso il comò. Pensai che stesse per aprire la valigia, ma invece aprì e chiuse i miei cassetti finché non ne trovò uno con le mie t-shirt. Si infilò una canottiera di cotone morbido e venne a letto. Niente mutandine. Solo la mia fottuta canotta bianca. Strisciò nel letto dandomi le spalle.

Tutto quello a cui riuscivo a pensare era quella fottuta figa nuda a portata di mano. Quanto avrei voluto aprirle le ginocchia e leccarla finché non avesse urlato. Darle tutto quello che avrebbe voluto da me tanti anni prima.

Spensi la lampada. «Stai facendo un gioco pericoloso, Sasha.»

«È l'unico che conosco» disse nell'oscurità.

Le sue parole trapassarono l'irritazione che provavo, perché mi aveva fatto rizzare il cazzo, e la foschia del testosterone per atterrarmi da qualche parte nel petto con un colpo secco. L'onestà della risposta mi piegò le ginocchia. Ma certo: era l'unico che conosceva.

Il sesso era l'unica arma che le avevano insegnato a maneggiare.

Ecco perché dovevo lavorare di più per disarmarla. Rotolai sul fianco e le passai un braccio intorno alla vita, trascinandola all'indietro finché il suo culo non incontrò il mio grembo. Con grande sforzo, abbassai l'erezione mentre lei si irrigidiva e smetteva di respirare.

Le baciai la spalla. «Sei mia ora» le dissi dolcemente. «Il che significa che siamo nella stessa squadra. Smettila di combattermi.»

Lei continuò a trattenere il respiro. Sentii il suo ventre flettersi contro al mio braccio, e poi respirò in singhiozzo.

La tirai a me più forte. Oh, cazzo. Aveva appena perso il padre, con il quale aveva avuto una relazione come minimo complicata. Si era sposata come una sposa medievale con uno che non riusciva a credere che non l'avrebbe spezzata.

Inspirò e trattenne di nuovo il respiro.

«Lascia andare» le mormorai contro alla nuca. «Hai passato una settimana infernale.»

Lei non respirò, però. Continuò a trattenersi finché i miei polmoni non sembrarono scoppiare per empatia, e poi mi colpì in un occhio con il gomito.

«*Bljad'.*» La lasciai libera, ma lei si girò nell'oscurità e mi colpì di nuovo.

I miei riflessi si attivarono troppo in fretta e le afferrai i polsi, tenendola prigioniera prima di rendermi conto che aveva bisogno di sfogarsi. La lasciai andare e lei mi attaccò, singhiozzando mentre mi prendeva a pugni. Non voleva ferirmi, però, perché prese un cuscino e usò quello per colpirmi sulla testa e sulle spalle.

Lasciai scendere i colpi, ascoltai il suo respiro singhiozzante e i piagnucolii finché non rallentarono, poi le presi il cuscino. «Basta.» Le immobilizzai i polsi accanto alla testa; il mio corpo coprì il suo.

Lei piagnucolò di nuovo, un singhiozzo arrabbiato. La mia bocca si schiantò sulla sua. Sapeva di lacrime e dentifricio. Feci scivolare le labbra sulle sue più morbide, trascinando il suo labbro inferiore nella mia bocca, poi ci riprovai, facendo scorrere la lingua tra le sue labbra.

Lei mi baciò a sua volta, gemendomi dolcemente in bocca.

Mi sorpresi a macinare nella tacca tra le sue gambe, e mi fermai. Non si trattava di sesso. Non avevo intenzione di forzarla. Volevo solo darle la connessione che bramava. Unirci con qualcosa, oltre a parole amare e un brutto passato.

Le nostre labbra si attorcigliarono e aggrovigliarono. Rallentammo.

«Basta» mormorai di nuovo, forse più a me stesso che a lei, e mi costrinsi a staccarmi. Scivolai ancora una volta al suo fianco, facendola voltare verso di me e avvolgendole un braccio intorno alla vita. «Dormi, *sacharok*. Potremo combattere ancora domani mattina.»

Il suo respiro raschiò veloce e frenetico per qualche altro minuto, poi rallentò fino alla normalità, e alla fine si addormentò.

Solo allora mi lasciai scivolare nel tanto necessario sonno.

CAPITOLO CINQUE

Sasha

MAXIM SI ALZÒ PER PRIMO, svegliandomi coi suoi movimenti. Feci finta di dormire. Non so perché: forse perché non ero pronta ad affrontarlo.

Non dopo la sera precedente.

Ero crollata davanti a lui. Mi aveva baciata. Al buio, almeno. Non avevo dovuto guardare il suo bel viso dopo che aveva visto così tanto di me.

Della vera me, intendo. Non solo della me nuda.

Lo sentii aprire la doccia e mi venne voglia di correre.

Letteralmente – facevo jogging mattutino – ma anche emotivamente.

Non stavo scappando da Maxim in modo permanente. Non avrebbe portato a niente. Lui controllava i soldi miei. E di mia madre. Avrei voluto essere in grado di dire che ero una di quelle che faceva il dito medio ai soldi e se ne andava, ma non vi ero pronta. E mia madre aveva bisogno che stessi lì.

Maxim diceva che mio padre l'aveva incaricato di tenermi al sicuro. Beh, allora non mi dispiaceva farlo sudare un po'.

Lo stesso che facevo alle guardie assegnate alla nostra protezione da mio padre.

Mi alzai e indossai in silenzio un paio di pantaloni da yoga, un reggiseno da jogging e scarpe da ginnastica. Mi raccolsi i capelli in una coda alta e sorrisi tra me e me. Il semplice fatto che uscissi con addosso nient'altro che un reggiseno da jogging avrebbe potuto fargli venire un infarto.

No, non era corretto. Ieri mi aveva detto che avrei dovuto mettermi in mostra. Quel senso di calore sconosciuto serpeggiò di nuovo in me.

Velocemente e in silenzio, mi infilai le scarpe da ginnastica e sgusciai fuori dalla porta della camera da letto.

C'erano dei ragazzi in soggiorno, gli stessi della sera prima.

Maxim non si era preso la briga di presentarmi a tutti, ma alcuni li avevo riconosciuti. Ravil, ovviamente, il loro *pachan*.

Non ne avevo conosciuto l'amante, la bella bionda rannicchiata con lui sul divano. Sembrava incinta, il che andava contro le regole della bratva. Certo, anche mio padre aveva una figlia, ma aveva tenute entrambe nascoste. Non avevamo mai vissuto con lui. Non aveva mai sposato mia madre né mi aveva ufficialmente riconosciuta finché non mi aveva affidato alla sua tutela di Maxim.

Non c'era traccia di Ravil e della sua bella fidanzata quella mattina, ma un giovane con la maglietta di *Matrix* sedeva a un tavolo in soggiorno davanti al computer. Uno che gli somigliava – doveva essere il gemello – era in cucina. Il ragazzo muscoloso, alto più di un metro e ottanta e largo quasi altrettanto, era appoggiato al bancone della colazione, e mangiava uova strapazzate da una padella.

«Buongiorno» dissi allegramente in inglese. Era bello impratichirmi di nuovo con la lingua, e la sera avevo notato che tra loro lo parlavano tutti .

«È spuntata la principessa» disse il gemello in cucina.

Gli feci il dito medio.

Ridacchiò. «Sono Nikolaj. Ieri sera non siamo stati presentati adeguatamente.»

Lo superai senza porgergli la mano. «Vado a correre» cinguettai.

«Maxim!» chiamò l'altro gemello. «La tua sposa sta scappando.» Il suo tono di voce era più simile a quello che si userebbe per chiedere a un coinquilino di portare un bicchiere d'acqua che un vero tono di allarme, e mi ritrovai mio malgrado a pensare che quelli lì mi piacevano. Avevano gli stessi tatuaggi della bratva, ma facevano i disinvolti e gli amichevoli. Niente a che fare con gli uomini di mio padre, a casa.

In quel momento il gigante, che si muoveva più velocemente di quanto potessi prevedere, si alzò dal bancone e bloccò la porta.

Me lo aspettavo. Vivevo con guardie di sicurezza prepotenti da tutta la vita. Sapevo bene come affrontarli. Premetti il mio corpo contro a quello del gigante. «Tu devi essere la guardia del corpo» feci le fusa, facendo scorrere un dito sul suo avambraccio carnoso, piegato sul suo petto.

«Sasha» Maxim ringhiò un avvertimento dalla porta della suite. Sentii i suoi piedi bagnati battere sul pavimento mentre veniva verso di me.

Non guardai dalla sua parte, ma gli risposi. «Ah, non ti piace quando lo tocco, vero?» Feci le fusa e accarezzai i bicipiti del guardiano.

Il gigante mi afferrò il polso per fermarmi nello stesso momento in cui Maxim scattò: «Non toccarla.»

Proprio come previsto. Come avevo detto, facevo quel giochino da tutta la vita. Tuttavia, la scossa di piacere nel sentire Maxim reclamarmi fu infinitamente più soddisfacente di quando si trattava di mio padre o di uno dei suoi scagnozzi.

Il gigante lasciò immediatamente la presa come se si fosse scottato. Gli uomini di Maxim erano fedeli quanto quelli di mio padre. Prima non ne ero sicura, dal momento che non era lui il *pachan*. Buono a sapersi.

Ma poi Maxim fece qualcosa che mio padre non avrebbe fatto mai.

«Per favore» moderò il tagliente ordine precedente al bruto, con voce più controllata. Venne al mio fianco. «Grazie.» C'era un tono di scuse nella sua voce.

Ma non era rivolto a me. Mi afferrò la coda di cavallo e la usò per tirarmi indietro la testa. Non indossava altro che un asciugamano color pesca avvolto intorno alla vita. Goccioline d'acqua continuavano a scendergli sul petto muscoloso e tatuato.

Il gigante scivolò via, lasciandomi col mio marito bagnato e infastidito.

«Te l'ho detto, *sacharok*. Possono guardare ma non toccare.» Anche il suo ringhio fece quasi le fusa, come se gli piacesse maltrattarmi. Gli occhi marroni gli bruciavano intensamente, ma non sembrava arrabbiato. C'era un livido sul sopracciglio dell'occhio destro, e mi resi conto con sgomento che probabilmente gliel'avevo fatto io.

Cercai di non manifestare paura. Una parte cui non ero abituata. Mio padre mi schiaffeggiava e rimproverava, ma il dominio che esercitava Maxim – il dominio sessuale – era qualcosa di completamente diverso, e il mio corpo reagì di conseguenza. Le braci scintillarono e fiammeggiarono nel mio basso ventre.

Allungai le labbra in un sorriso. «Non hai detto che non potevo toccarli io.»

«Nuova regola, allora.» Gli occhi lasciarono il mio viso, scendendo sui seni, che erano sollevati e tenuti insieme dal reggiseno da jogging. Il suo sguardo ritornò, più scuro di prima. «Non fregarmi, Sasha, o la situazione si incasinerà parecchio.» Mi morse il lobo dell'orecchio. «Ma ti piace il casino, vero?» Mi lasciò la coda ma mi ingabbiò la gola con le dita tatuate. Strinse quel tanto che bastava per permettermi di registrare il suo controllo, ma non abbastanza da bloccare il flusso d'aria. Poi abbassò le labbra sulle mie.

Le mie parti femminili si strinsero e palpitarono per l'eccitazione dovuta alle sue labbra morbide che accarezzavano le mie. Ed erano carezze, totalmente in contrasto con la presa al collo. Non un bacio brutale e di controllo… non che quello mi sarebbe dispiaciuto.

Quando si allontanò, strofinò le labbra insieme come assaporando il sapore della mia bocca. La sua mano mi teneva ancora prigioniera.

Lo guardai sbattendo le palpebre, più disorientata dal bacio che dal resto. «T-ti ho fatto io quel livido?»

Si concesse un attimo per studiarmi prima di annuire in modo appena percettibile.

«Scusami.»

Gli angoli delle sue labbra si piegarono. Mi diede un bacio ruvido. Quello che mi aspettavo.

Le fiamme lambirono le mie gambe mentre mi saccheggiava la bocca, la lingua scorreva tra le mie labbra, le sue labbra divoravano le mie.

Avevo le mutandine bagnate. Fumanti, probabilmente.

Non sapevo cosa significasse fare sesso, ma all'improvviso lo volevo. Tanto. Non con le dita sul clitoride, ma con un uomo. Quell'uomo.

Il bacio andò avanti per lunghi secondi senza fiato. Abbastanza a lungo da perdere completamente l'orientamento. L'attico girò. Avevo dimenticato i miei programmi.

Quando Maxim si staccò, mi lasciò la gola e mi rivolse un altro sguardo profondo. «Volevi andare a correre?»

La testa mi tremò mentre annuivo.

«Verrò con te. Non te ne andrai da sola, te l'ho detto ieri sera.»

Beh, non esattamente. Aveva detto agli altri che non dovevo andarmene da sola, non a me in particolare. Ma avevo perso la voglia di discutere: cercavo ancora di calmare il mio battito martellante e di raffreddare le mie parti femminili.

Maxim mi prese per il gomito e mi condusse allo sgabello accanto al gigante. «Sta' qui seduta con Oleg. Sarò pronto in un minuto.»

Era un ordine, ma non opposi resistenza; avevo bisogno di un momento per rimettermi in sesto. Avevo bisogno di incrociare le gambe e stringerle per alleviare il palpito del clitoride.

Guardai l'uomo accanto a me, concentrato sulle uova. «Quindi tu sei Oleg? Il sicario, immagino…»

Il gigante non guardò dalla mia parte.

«Non parla» disse Nikolaj. Ora era sul divano a fare zapping.

Lo guardai, abbandonando in parte la maschera da ragazzaccia. Non era sordo, perché evidentemente aveva sentito l'ordine di Maxim di non toccarmi. Mi chiedevo se il mutismo fosse una scelta o un limite fisico. Aveva dei tatuaggi a riprova di una carcerazione in una prigione siberiana. Chissà se lì gli era successo qualcosa…

Il fratello che indossava la maglietta di *Matrix* logora e

sbiadita entrò in cucina e aprì il frigorifero. Aprì una scatola di pizza sul bancone e ne tirò fuori un trancio. «Mi dispiace per tuo padre» disse in inglese con la bocca piena.

Feci spallucce. «È morto.» Era tutto quello che potevo trovare da dire su di lui.

Il giovane inarcò le sopracciglia. «Fammi indovinare: Igor era un padre di merda?»

Sbuffai sorpresa all'affermazione; il guizzo di un sorriso mi tirò le labbra. Nessuno degli uomini di mio padre in Russia avrebbe mai pronunciato parole del genere. Ma ora eravamo fuori dal suo territorio.

«Facevamo parte della sua cellula prima che ci mandasse a calci da Ravil. Sono Dima, il fratello di Nikolaj.»

Mi ritrovai ad apprezzare immediatamente il ragazzo e, per procura, suo fratello. Probabilmente per il solo motivo che aveva detto che Igor era un padre di merda. Inoltre, avevano quella familiarità istantanea che mi metteva a mio agio. E non mi fissavano le tette.

Maxim emerse in un paio di pantaloncini da ginnastica e t-shirt, scarpe da corsa ai piedi. Sembrava a suo agio in quei vestiti, come se corresse regolarmente. La svolta sventava il piano di iniziare a correre per costringerlo a starmi dietro, e mi fece partire dentro un cinguettio nervoso. Forse sarei stata io a faticare per stare al passo con lui.

«Andiamo, zuccherino.» Mi prese per il gomito in quel modo dominante che aveva e mi guidò verso la porta.

«Ciao, ragazzi!» gridai con finta allegria.

«Perché fai così?» chiese quando entrammo in ascensore.

Mi allontanai il più possibile da lui, appoggiandomi alla parete opposta e tirando il piede fino al sedere per allungare il quadricipite. «Che cosa?»

«Fai finta di essere troppo per loro. O li prendi in giro.»

Qualcosa si tuffò nel mio ventre e si posò pesantemente come un sasso. Ero già stata definita una stronza in passato, per lo più alle mie spalle. Tantissime volte.

Nessuno mi aveva mai chiesto perché recitassi quella parte, però. Quasi come se sapesse che si trattava di una recita, non della mia vera personalità.

Maxim stava diventando sincero con me all'improvviso.

Cambiai gamba e alzai le spalle. «Dovrei fingere che siano miei amici? Non mi sono trasferita di mia volontà con loro. Mi sono stati imposti, come te. Come ogni guardia del corpo o baby sitter a cui mi ha mollata mio padre.»

Un muscolo gli saltò nella mascella. «Va bene, chiariamo una cosa» scattò quando la porta dell'ascensore si aprì.

Partii di corsa, ma lui mi prese di nuovo per il gomito e mi tirò indietro.

«Non scapparmi.» Mi fissò con una linea tra le sopracciglia. «Loro non sono le tue guardie del corpo. Non sono i tuoi servi, non sono le tue babysitter. Non sono stati incaricati di spiarti. Sono i miei fottuti fratelli.»

La pietra nelle viscere divenne più pesante.

«Eh sì, mi sei stata mollata sul groppone, zuccherino. E io sono stato accollato a te. E faremo del nostro meglio.»

«Se lo dici tu» risposi, ma si insinuò in me una terribile sensazione di vergogna, alimentata da quella pietra ancora piazzata in mezzo allo stomaco. Mi ero comportata come una stronza. Mi comportavo come la principessa della *mafia* viziata che ero sempre stata. La parte che detestavo ma recitavo con disinvoltura.

Ma se non facevo la guerra con Maxim, non sapevo cosa altro fare. Non sapevo essere altro. E il senso di vulnerabilità che questo fece emergere quasi mi uccise.

Maxim non mi lasciò il gomito. Mi fissò con espressione preoccupata, come se stesse cercando di prendere una decisione, ma dopo diversi secondi precariamente lunghi, tutto ciò che disse fu: «Dai, c'è un sentiero in riva al lago in cui è bello correre.»

Un senso di sollievo mi inondò come se mi avesse appena liberata da un gancio che non sapevo nemmeno di avere. Inclinò la testa verso le porte a vetri dell'elegante palazzo.

Salutò il portiere, che apparteneva chiaramente alla bratva, visti i tatuaggi.

Corremmo, fianco a fianco, su un sentiero lastricato lungo il lago. Non ero abituata al caldo, e presto fui madida di sudore, ma era bello muoversi dopo il lungo volo e il leggero jet lag che sentivo ancora.

Corremmo in silenzio per una mezz'oretta. Maxim mi lasciò impostare il ritmo ma tenne il passo facilmente. Avevo ragione, era sicuramente un corridore abituale. «Quanto corri di solito?» chiese.

La verità era che avevo caldo e mi stavo stancando, ma al momento l'orgoglio mi impediva di dire qualsiasi cosa.

Feci spallucce. «Posso andare avanti.»

«Vieni qui.» Deviò dal sentiero e si immise in una strada cittadina, attraversò un incrocio e rallentò fino a camminare.

«Cosa stiamo facendo?»

Spinse la porta di un minimarket. «Compriamo dell'acqua. Sembri accaldata.»

«Non ci vuole molto perché una rossa sembri accaldata» mormorai, ma ero segretamente grata che si prendesse cura di me.

Comprò una bottiglia grande di acqua elettrolitica, aprì il tappo e me la porse.

Bevvi assetata e gliela restituii mezza vuota.

Ne finì un quarto e la schiacciò al centro prima di

rimettere il cappuccio. «Potremmo tornare indietro da dove siamo venuti, lungo il viale del lago, o procedere più lentamente attraverso gli isolati della città, dove è un po' più ombreggiato ma c'è meno brezza.»

Strano, ma per la prima volta nella mia vita mi sentivo un'adulta. Quando vivevo a Los Angeles passavo il tempo facendo baldoria con le amiche del college. Ma ero ancora la ribelle. Qui sembrava diverso. Uno degli uomini di mio padre mi trattava da pari a pari. Chiedendomi cosa volessi fare e aspettando una risposta. Non dovevo correre e farmi inseguire. Non dovevo ingannarlo o manipolarlo.

Se ne stava lì in attesa che dicessi la mia.

Lo ricompensai con un sorriso, non quello da *ti tengo per le palle*, uno genuino. «Sentiero del lago, di sicuro. Ma fammi vedere quella bottiglia d'acqua.»

Me la restituì, e io la aprii e ne versai una buona quantità sulla scollatura, inzuppandomi il reggiseno sportivo. Non per provocarlo, ma perché avevo caldo.

Ok, forse anche per provocarlo un po'. Come aveva sottolineato, avevo una vena di esibizionismo.

Per un momento pensai che fosse incazzato, e forse lo era davvero, perché mi afferrò la coda di cavallo e la tirò indietro per scoprirmi la gola. Poi leccò una lunga linea lungo la gola e attraverso la mia clavicola per immergersi tra i seni.

La figa si stava stringendo ed ero senza fiato quando alzò la testa. «Hai versato dell'acqua» disse, come per dare una spiegazione.

Le gambe mi tremarono, probabilmente solo per la corsa ma improvvisamente ne ero acutamente consapevole.

Il suo sguardo si abbassò sui seni, e i capezzoli mi formicolarono e bruciarono in risposta.

All'improvviso, lo volevo. Disperatamente.

48

Tutto quel fingere di no, tutta quella resistenza sembrava stupida. Avevo un marito figo. E non un marito qualsiasi, ma l'uomo che aveva letteralmente plasmato la mia visione di ciò che rendeva un uomo sexy. Quando guardavo tutti gli altri, li misuravo paragonandoli a lui.

E adesso mi voleva.

Ma così ricordai che un tempo non mi aveva voluta. Ricordai la totale umiliazione, quanto aveva bruciato il rifiuto. No. Non cedere. Lascialo soffrire con le palle blu. La verginità era l'unica cosa di cui avevo ancora il controllo nella vita.

Mi misi a correre sul percorso da dove eravamo venuti e lo sentii raggiungermi rapidamente. Poi mi schiaffeggiò il culo, in modo duro e soddisfacente, e dopo rimase al mio fianco. Il sedere mi pizzicava e bruciava mentre correvo, accendendo il ricordo della sculacciata sul sedile posteriore dell'auto a Mosca. Di come mi aveva toccata dopo.

Accidenti! Non potevo pensarci. Niente sesso.

Non avrei fatto sesso con Maxim.

Ma mentre correvo, l'attrito tra le gambe persisteva, alimentando il calore piuttosto che alleviarlo. Abbassai lo sguardo e vidi i capezzoli sporgere visibilmente sotto al reggiseno bagnato. Signore, abbi pietà. Avrei fatto meglio a correre dritta verso una doccia fredda.

CAPITOLO SEI

Maxim

Ci VOLLE tutta la mia forza di volontà per non seguire Sasha nella doccia, spingerla contro alle piastrelle e leccare ogni centimetro del suo corpo finché non mi avesse implorato di scoparla. Mi facevano male le palle al pensiero di infilarmi tra quelle cosce pallide, e sapevo che stava diventando bisognosa quanto me, ma non ero tipo da essere insistente. Sarebbe stato ovviamente un gioco lungo.

Un'intera fottuta vita.

Bljad', non riuscivo ancora a credere di avere una moglie.

Mi distrassi dal dolore alle palle cercando il suo telefono. Lo portai in soggiorno e lo lanciai a Dima, l'hacker più formidabile della Russia e ora dell'America intera. «Falla passare nel mio account, d'accordo?»

Dima prese il telefono ma mi rivolse un'espressione scettica. «Ti sembro il tuo rappresentante locale di Verizon?»

«Sai di cosa ho bisogno.» Tracciai un cerchio in aria con il dito.

«Ah ah.» Restava scettico, ma aprì il retro del telefono e lo smontò per aggiungere il chip di tracciamento che avrebbe funzionato indipendentemente dal fatto che il cellulare fosse acceso o meno.

«Ho bisogno che inizi a monitorare tutti coloro che entrano nel Paese dalla Russia.»

Nikolaj alzò la voce. «Ogni singola persona? Per quale motivo?»

«Beh, puoi incrociarli con tutti i membri conosciuti della bratva russa?» chiesi guardando Dima, che stava scuotendo la testa con aria sofferente.

«Vuoi sapere se qualcuno la sta cercando?» chiese Nikolaj.

«Sì.»

«E non potrebbero semplicemente ingaggiare un sicario qui?» suggerì Pavel.

«Non avranno tante connessioni qui. Sarebbe più difficile.»

«Posso impostare un'analisi dei dati e la corrispondenza dei nomi su tutti i passeggeri provenienti dalla Russia» ammise Dima. «Sarà una rottura di coglioni, ma non è difficile. Mi ci vorranno un paio di giorni, ma posso cercarlo anche retroattivamente. Ma se prima di venire si fa una nuova identità?»

«Chi pensi che dovrebbe venire e perché?» chiese Nikolaj.

«Se muore, il fondo fiduciario va a beneficio della madre ma sotto il controllo di Vladimir come fiduciario. È stato accoppiato con Galina.»

«Quindi pensi che manderà qualcuno Vladimir.»

«Sì.»

«Quindi hackeriamo di brutto la loro cellula e

speriamo di ottenere informazioni su qualsiasi piano prima che venga eseguito» disse Nikolaj.

Feci spallucce. «Se possibile.» Era difficile ingannare un ladro. Dubitavo che avremmo avuto molto successo hackerando la cellula, ma in fondo Dima era il migliore, e nemmeno Nikolaj era un pigro.

«Per il telefono vuoi il pacchetto stalker completo? Alla Lucy?» chiese Dima, riferendosi all'accesso completo a tutti i dati in ingresso e in uscita dal telefono e dal laptop della fidanzata incinta di Ravil, ottenuto dopo che Ravil l'aveva rapita.

«Cosa vuol dire *alla Lucy*?» Lucy colse quel momento sfortunato per entrare nel soggiorno. Aveva un bagliore costante, dovuto sia alla gravidanza sia, dovevo presumere, alla quantità di tempo che trascorrevano chiusi insieme in camera da letto, al numero di orgasmi che Ravil le faceva avere.

Dima e Nikolaj si schiarirono entrambi la gola e distolsero lo sguardo nel classico mirroring dei gemelli.

Pavel, il brigadiere, disse ad alta voce: «Mi sta squillando il telefono?» e si alzò dal divano e se ne andò.

«Non ti stanno più tracciando i dati» disse Ravil con calma, arrivandole vicino da dietro e allargando le mani sulla sua pancia gonfia. I due avevano iniziato ad andare d'accordo mentre io ero a Mosca, ma per un po' le cose erano state difficili. Avevo temuto che Ravil potesse mettere a rischio l'intera organizzazione per il nascituro, visto che aveva portato qui Lucy come sua prigioniera. E di solito era il più equilibrato di tutti noi.

Le baciò il collo. «Lo giuro.» Rivolse a Dima un'occhiata di avvertimento. «Diglielo.»

Dima alzò le mani in segno di resa. «Faccio solo quello che mi viene detto.» Il suo appello era esclusivamente per Lucy.

Si girò indietro per guardare Ravil. «E tu le hai detto...?»

«Glielo sto dicendo ora. Smetti di tracciarle i dati. A parte il localizzatore.» Le mordicchiò il lobo dell'orecchio. «Ho bisogno di sapere dove sei, *kotënok*. Per sicurezza.»

«E la sicurezza, ovviamente, è l'unico motivo per cui tengo sempre traccia della posizione della mia sposa» implorai io, come se Lucy fosse il nostro giudice. In un certo senso forse lo era davvero. In quanto estranea all'organizzazione, americana e avvocatessa, portava nell'attico una prospettiva e una sensibilità completamente nuove.

Lei mi guardò strizzando gli occhi. «Non avrai mica intenzione di tenerla rinchiusa qui, vero?»

«Affatto. Intendo aiutarla a farsi una vita a Chicago. E a non essere uccisa da coloro che vogliono la fortuna di suo padre. È un'attrice. Tu hai contatti con il mondo del teatro?»

Avevo passato la maggior parte del viaggio aereo cercando di capire come far funzionare le cose con Sasha, e l'unica cosa che mi era venuta in mente per renderla felice era stata il teatro. Darle uno sfogo creativo per aiutarla a superare il bruciore del piano non condiviso che suo padre aveva ideato per lei.

«No, ma posso chiedere in giro.» Lucy entrò in cucina e rovistò nel frigorifero alla ricerca dei pierogi che Ravil le teneva sempre a portata di mano.

«Dov'è il mio telefono?» Mi voltai e vidi Sasha in piedi sulla soglia della nostra camera da letto, con indosso un paio di pantaloncini di jeans e...

«Cazzo, no» ringhiai, lanciandomi verso di lei.

Paura ed eccitazione le divamparono negli occhi mentre mi precipitavo verso la mia sposa, che sopra non indossava nient'altro che un dannato reggiseno di pizzo

nero, da cui le tette fuoriuscivano come in una gioiosa cele-
brazione della giovinezza e del sesso.

Me la buttai in spalla e la riportai in camera, chiudendo la porta con un calcio.

«Cazzo, no» ripetei.

«Che c'è?» mi chiese senza fiato mentre la facevo
cadere di sedere sul letto. «Hai detto che potevano
guardare.»

«Ho cambiato idea, cazzo» ringhiai. Mi passai una
mano sul viso, camminando ai piedi del letto. Era ingenua,
arrossata e bella. Come una donna sul punto di essere
violentata.

Da me.

Aprì quelle labbra carnose per dire qualcosa, ma morì
strozzata dal suo stesso respiro quando le afferrai le caviglie
e le tirai giù le gambe finché non formarono un'ampia V
intorno alla mia vita. Spostai la presa sui polsi, bloccandoli
accanto alla testa mentre le strizzavo l'erezione nell'incavo
delle gambe.

«L'accordo si basa sul fatto che non abbia le fottute
palle blu» ringhiai.

I suoi occhi si allargano e rimase immobile come se
sapesse che ero un dannato animale selvatico pronto a
colpire. Stavo per reclamare la mia preda in maniera
brutale.

Mi spinsi contro di lei, facendole prendere un respiro
affannoso. «E sul fatto che io rimanga al tuo fianco.»

«Ho capito» sussurrò senza fiato.

«Sì?» Ero ancora incazzato, ma una lussuria inestingui-
bile mi faceva andare in corto circuito il cervello.

«Sì.» Si leccò le labbra carnose. «Scusami.»

Mi rilassai, quasi dispiaciuto anch'io per averla intimi-
dita abbastanza da scusarsi. Non mi piaceva vederla
sminuita. Non mi dispiaceva il tira e molla tra di noi: mi

piaceva il suo fuoco. Non mi importava nemmeno dei suoi giochetti, per certi versi.

Le sfiorai le labbra con le mie, poi morsi quello inferiore e lo trascinai tra i denti finché non emerse con uno schiocco.

«Il problema tra noi potrebbe essere facilmente risolto» le dissi. Quando i suoi occhi cercarono i miei, spinsi di nuovo tra le gambe con il cazzo indurito.

Strinse le gambe intorno alla mia vita mentre inspirava. «*Net.*» Girò il viso dall'altra parte e io mi tirai indietro all'istante.

Onoravo il *no* di una donna.

«Peggio per te, *sacharok.*» Le offrii la mano per aiutarla a scendere dal letto. «Però stai attenta. A un certo punto, il mio guinzaglio si spezzerà.»

Quando mi prese la mano, sentii un tremito nelle sue dita. Il rossore sulle sue guance mi affascinava, ma recitai la parte del gentiluomo: la tirai in piedi e la lasciai vestire mentre facevo la doccia per la seconda sega della mattinata.

«Mi stai uccidendo, *princessa*» gridai dal bagno mentre mi infilavo sotto il getto.

«È proprio questo il piano» cantilenò.

CAPITOLO SETTE

Sasha

MAI LASCIARE INCUSTODITA una principessa della *mafia* affamata di attenzioni.

Sorrisi tra me e me mentre estraevo la carta di credito di Maxim all'aeroporto di O'Hare e salivo sul primo aereo per Los Angeles.

Dal momento che il telefono non aveva iniziato a squillare, scommettevo che Maxim non avesse nemmeno capito che me ne ero andata.

Indovinate chi è tornata negli Stati Uniti, puttanelle? Mandai un messaggio di gruppo ad Ashley, Kayla e Sheri, le mie tre ex coinquiline e migliori amiche del college. *Vengo a casa vostra. Si fa festa stasera?*

OH MIO DIO!!! Sheri fu la prima a rispondere. *Cazzo, sì! Dove sei ora?*

Sto per imbarcarmi su un aereo per Los Angeles, risposi.

Dalla Russia??!

No, da Chicago. Sarò lì tra un paio d'ore.

Kayla fu la seconda a rispondere con una serie di emoji alcolici e, *EEEEEK! Esco alle sei. Non vedo l'ora di vederti!*

Poi Ashley: *Perché non ci hai detto che saresti venuta? Sono davvero felice di fare festa stasera. Non vedo l'ora!!!!! Sono a casa adesso.* Il messaggio fu seguito da cinque righe di facce felici, cocktail ed emoji con cappellini da festa.

Seguirono molte altre aggiunte e conferme e gif di ragazzette in festa. Mi sedetti e sorrisi. I miei quattro anni alla USC erano stati il periodo migliore della mia vita, passato nel luogo in cui avevo stretto amicizie durature con delle pazze come me. Rivederle era l'aspetto positivo della nuova situazione. E sinceramente... ero entusiasta di essere tornata negli Stati Uniti: Mosca mi aveva soffocata.

Non avevo dubbi che Maxim mi avrebbe raggiunta prima della fine della nottata. Anche se non mi avesse messo un metodo di tracciamento nel telefono, cosa che ero certa avesse fatto, avevo usato la carta di credito sua per acquistare il biglietto.

Ma era proprio quello il punto. Fare la rompicoglioni e farmi inseguire. Come facevo con le guardie del corpo e le spie inviate da mio padre per vegliare su di me. Avevo intenzione di farlo impazzire. Dopotutto, doveva pur guadagnarseli i milioni su cui aveva appena messo le mani, no?

Mi mordicchiai però il labbro inferiore, sperando di non aver fatto il passo più lungo della gamba. Maxim aveva un suo modo di farmi abbassare la guardia che mi sconcertava. Il che, se dovevo essere sincera, era il vero motivo per cui scappavo.

La cosa si stava facendo troppo intensa.

Per entrambi.

Dopo l'incidente del giorno prima con il reggiseno, era sparito per lasciarmi sola a guardare la televisione con i suoi coinquilini.

Non era tornato fino all'ora di cena, quando mi aveva portata in un bar vicino, e al ritorno era scomparso di nuovo. Beh, non era esattamente vero. Non ero riuscita a tenere gli occhi aperti per via del fuso orario ed ero andata a letto presto, lasciandolo io in soggiorno.

Stamattina aveva fatto jogging con me, ma poi aveva lavorato tutta la giornata con i gemelli al computer. Nel pomeriggio era scomparso di nuovo.

Mi piaceva pensare che mi evitasse per quella cosa delle palle blu. Fatto per cui non ero minimamente dispiaciuta. Ma non mi piacevano sentirmi così. Ignorata. Scaricata. Rinchiusa.

Quindi al primo svuotamento del soggiorno, cosa che sembrava essere un evento raro, me l'ero svignata. Avevo afferrato la borsa, quella gigante che avevo già preparato, e chiuso la porta della camera da letto come se fossi stata lì dentro a leggere. Magari non si sarebbero accorti che me ne ero andata fino al ritorno di Maxim.

Il portiere aveva cercato di fermarmi, ma mi ero avvicinata in modo aggressivo e avevo recitato la parte della stronza della bratva. «Sai chi sono io? No? Sono Aleksandra Antonova, figlia di Igor Antonov, capo di Ravil e moglie di Maxim Popov. Posso dirti che mio marito non approverebbe il fatto che tu mi tocchi o mi trattenga.»

Il tipo aveva lasciato cadere la presa sul mio braccio come se fossi fatta di fuoco. «Un momento, signora Popov. Mi ha detto di non lasciarti uscire da sola.» Il ragazzo si era guardato intorno, alla disperata ricerca di qualcuno che lo aiutasse: ero sicura che si stesse chiedendo se fosse peggio lasciare il posto o lasciarmi andare.

Avevo cambiato tattica e attivato l'incantesimo. «Va bene. Maxim sa che sto correndo al negozio per prendere prodotti per *l'igiene femminile*.» L'ultima parte l'avevo sussurrata.

Si era tirato indietro ancora di più. «Dirò a Maxim che ottimo lavoro stai facendo a presidiare la postazione. Grazie mille!» Avevo agitato le dita in saluto ed ero corsa fuori dalla porta.

Schivare la sicurezza era un talento che avevo perfezionato nel tempo.

Ora avevo il telefono spento, quindi Maxim non poteva contattarmi e sarei stata a Los Angeles entro sera. Pronta a dar fuoco alla città come ai vecchi tempi.

Anche se con Maxim ci sarebbero state sicuramente delle conseguenze. Pensai a come mi aveva tirata in grembo e sculacciata in Russia e le mie parti femminili si riscaldarono. Dovevo essere totalmente fuori, perché speravo proprio che lo facesse di nuovo.

Mi aveva eccitato molto più di quanto non mi preoccupassi di esaminare. Ma era *lui* a eccitarmi molto più di quanto non mi preoccupassi di esaminare.

Infilai gli auricolari per guardare le repliche del *Trono di spade*. Dopo l'abbuffata di *Downton Abbey* fatta venendo lì, ero ancora in vena di pezzi in costume. *Il trono di spade* sembrava adatto alla mia vita di ora. Dopotutto, era un po' come la recita che tenevamo in piedi tutti insieme.

Maxim

TORNAI all'attico con un anello di smeraldo in tasca abbastanza luccicante da essere visto dalla luna. Aveva piccoli diamanti tutt'intorno e lungo la fascia, e l'avevo fatto incidere con i nostri nomi. Odiavo vedere l'anello di Igor al dito di Sasha, quale costante ricordo della finzione di matrimonio nostra. Ne odiavo anche il simbolismo. Come se fosse davvero sposata con suo padre, non con me.

Aprii la porta dell'attico con passo grintoso, pensando di aver finalmente fatto qualcosa di giusto nei suoi riguardi.

Non era in soggiorno. C'erano Nikolaj e Dima, che discutevano animatamente sul modo migliore per segmentare e abbinare i dati delle compagnie aeree.

«Dov'è Sasha? Nella mia stanza?»

Dima mi lanciò un'occhiata. «*Da*. È lì dentro da un po'.»

Mi assalì un fastidioso presentimento. Forse non avrei dovuto lasciarla sola. Attraversai il soggiorno a grandi passi e spalancai la porta.

Niente Sasha.

E il grande bagaglio a mano era sparito.

Fanculo.

Controllai in bagno, anche se sapevo che non c'era.

Gospodi. Non ci si poteva mai fidare delle donne: erano sempre piene di bugie, inganni e trucchi.

Senza volerlo, il ricordo del crudele inganno di mia madre si ripeté come il film dell'orrore che non riuscivo mai a guardare.

Sapevo che stava mentendo, ma non volevo crederci. Preferivo far finta che tutto fosse come diceva lei.

«È temporaneo, Max. Torno tra una settimana o due, un mese al massimo. Fa' il bravo bambino e ubbidisci.»

La direttrice dell'orfanotrofio mi mise un braccio intorno alle spalle, allontanandomi dolcemente da lei.

Panico. Afferrai il braccio di mia madre e cercai di trattenerla mentre si allontanava.

Le lacrime nei suoi occhi brillavano, a riprova della menzogna.

Non sarebbe tornata.

Non piansi perché mi aveva detto di non farlo. Ero un bravo bambino. Ubbidivo. Mangia. Dormi. Siediti e impara.

Aspettai.

Aspettai e aspettai.

Cinque anni passati a fingere che quelle parole fossero vere.

Poi smisi di fingere, aprii la finestra e scappai.

Scesi in strada con le perle che avevo imparato: guardati sempre le spalle, fai affidamento solo su te stesso e, soprattutto, non ci si può fidare delle donne.

Ora mi era stata affidata una sposa tutta menzogne e inganni.

«Tracciale il telefono!» gridai a Dima e Nikolaj mentre uscivo.

«Oh cazzo, davvero?» disse Dima. «Mi dispiace, Maxim. Pensavo fosse lì dentro.» Raddrizzò le spalle al computer e le sue dita volarono sui tasti.

Avrei voluto urlare e inveire contro di loro perché mi avevano perso la sposa, ma in realtà la colpa era mia. Avrei dovuto piazzare Oleg alla porta come aveva fatto Ravil alla cattura di Lucy. Non volevo che si sentisse una prigioniera, ma si era già dimostrata una che scappava.

Speravo che fosse uscita a fare shopping con la mia carta di credito. Per dimostrare a me e a sé stessa che non era una prigioniera e che poteva fare ciò che voleva.

«*Bljad'.*» Dima imprecò in russo. «È a Los Angeles. Sto inviando il localizzatore al tuo telefono.»

Los Angeles.

Di nuovo, cazzo. Era lì che andava al college. Probabilmente era andata a trovare le amiche. O i suoi vecchi ritrovi.

Mi presi a calci per il fatto di non saperne di più su di lei. Avrei dovuto farle visita quando era al college negli Stati Uniti. Ma non avevo alcun interesse a litigare di nuovo con lei. Non quando mi aveva fottuto così male.

Inoltre, nonostante fossi stato cacciato dalla cellula di Igor, gli appartenevo ancora. Il che significava che era ancora considerata off-limits. Non che mi interessasse sedurla.

O essere sedotto.

E sapevo per esperienza che anche una visitina amichevole poteva tranquillamente deragliare.

Dannazione. Pareva proprio che sarei andato a L.A.

Ero sicuro che amasse quella caccia.

Bene: avrebbe scoperto che fare la mocciosa aveva delle conseguenze.

Preparai una borsa veloce e misi la pistola in una custodia per i controlli in aeroporto.

«Vuoi che veniamo con te?» chiese Nikolaj.

«No. È un problema mio. Posso gestirla.»

L'idea mi diede una leggera ondata di soddisfazione. Una punizione avrebbe potuto essere proprio ciò di cui avevamo bisogno. Ero un uomo dominante, a letto. Sapevo infliggere un po' di dolore con piacere. Avrei potuto certamente far pagare Sasha in modo da dar soddisfazione a entrambi. Abbattendo le sue mura e facendola implorare per averne ancora.

Forse avevo troppa fiducia, ma credevo che una volta che si fosse arresa a me sessualmente, la battaglia sarebbe cessata. Al momento, le sue mura erano troppo alte. Finché si fosse rifiutata di ricevere piacere da me, avrebbe continuato a lottare.

Presi un taxi per l'aeroporto e salii sul primo volo per Los Angeles.

~

SASHA

. . .

«LA RUSSA È A CASA!» gridai quando Kayla spalancò la porta. Il solo vedere la biondina bassa e vivace mi rese felice.

La superai ed entrai nell'appartamento come una regina che tornava al suo castello. Era praticamente uguale: il divano rosso vivo e le poltrone che avevo comprato con le carte di credito di mio padre, il tappeto sotto il tavolino. Anche i quadri alle pareti erano quelli che avevo appeso io.

Non avevo comprato le amiche, o almeno io non la vedevo così. Mi avevano dato così tanto... ma l'ultimo anno avevamo vissuto completamente con i soldi di Igor. Se li erano goduti e in cambio mi avevano aperto il loro cuore e il loro mondo.

«Non provare a superarmi senza prima un abbraccio!» mi rimproverò Kayla dandomi una pacca sul sedere. Mi girai e lei si lanciò su di me, stringendomi forte. «Mi sei mancata tanto.»

Ashley e Sheri erano proprio dietro di lei. «Non posso credere che tu sia qui! Quanto tempo puoi restare?» chiese Sheri. Avevano entrambe i capelli biondi – eravamo in California, dopotutto – esaltati da costosi riflessi. Entrambe avrebbero potuto fare le modelle. Quando quattro uscivamo insieme in città, attiravamo un'attenzione enorme.

Una bruna alta che non riconobbi si schiarì la gola con decisione.

«Lei è Kimberly» disse Kayla. «L'ho conosciuta a una cena con spettacolo. Occupa la tua stanza.»

«Ma non il mio posto nel tuo cuore» dissi immediatamente, assumendo una posa da attrice di Hollywood d'altri tempi.

«Mai» rise Sheri. «Allora, per quanto tempo resti, bella? Sai dove stare? Se vuoi, puoi dormire nella mia stanza.»

«Dubito che rimarrò per la notte. Sono scappata dal mio custode, e probabilmente mi raggiungerà» dissi mestamente. «Speriamo non prima della festa.»

«Oh mio Dio, ma quanto sei cattiva!» Ashley mi diede un colpetto sul braccio. «Sei scappata di nuovo dalle guardie del corpo di papà?»

Non ero sotto sorveglianza al college, non come a casa. Ma ogni tanto beccavo un ragazzo con tatuaggi neri familiari che mi seguiva. Scattava foto da inviare a mio padre. Io e le mie amiche ci giocavamo, correndo per buttarci addosso a loro, sederci sulle loro ginocchia o leccargli il collo. Solo per metterli a disagio e fargli perdere l'equilibrio. Era stato divertente. Prima quel giochino lo facevo da sola, ma le mie amiche lo avevano trasformato in qualcosa di simile a un torneo. L'obiettivo era mettere in imbarazzo i miei osservatori.

«Beh, stavolta papà non mi ha messo dietro una guardia del corpo.» Alzai la mano sinistra. «Ha combinato un matrimonio.»

«Oh merda» mormorò Ashley.

«Che cosa? Sul serio?» sputacchiò Kayla. «Come funziona? Come mai?»

«Che è successo?» pungolò Sheri.

«È morto la scorsa settimana. E immagino che non si sentisse a suo agio a lasciarmi con la sua fortuna senza un uomo che la controllasse. Quindi ho dovuto sposare questo ragazzo o non avrei ereditato nulla.»

«*Stai scherzando*» disse Kimberly a bassa voce. Non la conoscevo nemmeno, ma apprezzai la solidarietà. «Stai bene? È una cosa terribile...»

«Mi dispiace così tanto, Sasha» disse Kayla rivolgendo su di me i suoi grandi occhi marroni da bambola. «Che follia. E mi dispiace anche per la morte di tuo padre» aggiunse.

Feci spallucce. «Già. Sono più arrabbiata per la parte del matrimonio.» Sapevo di provare un po' di dolore anche per mio padre, ma era così contaminato che non riuscivo a viverlo.

«Quindi è russo? E perché sei qui?» volle sapere Sheri.

«È russo ma vive a Chicago. Si chiama Maxim.»

«È vecchio e brutto?»

Sorrisi. «Non è vecchio.» Scossi la testa, pensando al bel viso di Maxim. Che si vestiva e si muoveva in stile GQ; solo i tatuaggi smentivano la sua estrazione povera. «E nemmeno brutto.»

«Com'è a letto?» chiese Kimberly.

Scossi la testa. «Gli sto resistendo.»

«Ancora?» chiese Kayla. Lei e le mie ex coinquiline sapevano che non avevo mai fatto sesso con degli uomini quando vivevo con loro. Avevo fatto spesso pompini perché mi piaceva il potere che mi dava su un uomo, ma non avevo mai lasciato entrare nessuno nelle mie mutandine. Tuttavia, non gli avevo mai detto che ero vergine. Potevano averlo dedotto, ma a me piaceva fingere il contrario.

«Davvero odi gli uomini?» chiese Ashley.

Alzai di nuovo le spalle. «Semplicemente non penso che questo ragazzo dovrebbe ottenere il controllo della mia eredità e del mio corpo senza che io abbia alcuna scelta in merito. E siccome non posso fare nulla per cambiare la parte ereditaria…»

«Stai resistendo» concluse Kimberly.

«Ma che dici dei tuoi bisogni?» disse Kayla. «Penso che sia un errore pensare al sesso come a qualcosa da cui solo gli uomini ottengono qualcosa. Voglio dire, lo sa Dio, a volte è vero, specialmente con i ragazzi del college, ma se ti ritrovi con un vero uomo? Loro ci sanno fare.»

«Mmm mmm» concordò Sheri.

«Sì, continua a promettere che sarò soddisfatta» ammisi.

«Allora fallo lavorare!» incoraggiò lei. «Dovresti ottenere di più dall'accordo.»

«Mmm. Forse.» Potevano avere ragione, ma avevo una vaga paura che una volta concessa la mia verginità a Maxim, lui mi avrebbe posseduta completamente.

E nonostante avessi conservato la verginità per mio marito, proprio come aveva ordinato mio padre, ora che era arrivato il momento non credevo che se la meritasse. Come se fosse un tesoro da guadagnare.

Ero stata dispostissima a concedergliela in passato. Ma mi aveva disprezzata.

Aveva perso la sua occasione.

CAPITOLO OTTO

Maxim

DOPO IL CHECK-IN allo Chateau Marmont, il famoso boutique hotel di Hollywood noto per la capacità di custodire i segreti più scandalosi delle celebrità, diedi un'occhiata al tracker di Sasha. Avevo controllato gli addebiti sulla carta di credito, e corrispondevano al viaggio a Los Angeles: non aveva dato il telefono a qualcuno per sfuggirmi.

No: immaginavo che sapesse benissimo che l'avrei seguita fin lì per riportarla a casa; voleva solo farmi faticare.

E intanto divertirsi.

Secondo Dima, l'indirizzo in cui era stata nelle ultime due ore corrispondeva a un appartamento vicino all'università, lo stesso in cui aveva vissuto l'anno precedente. Sembrava che stesse facendo visita a qualcuno, un coinquilino forse.

Un amante?

L'idea mi sconvolse. Fece più che sconvolgermi. Mi prese a calci nello stomaco.

Non le avevo mai chiesto se fosse stata coinvolta in precedenza. Forse il giorno in cui ci eravamo sposati a Mosca aveva un fidanzato. Forse era per quello che aveva odiato andarsene.

No, non sembrava corretto. Era ferita e arrabbiata, non affranta.

Ma la possibilità di un amante passato che viveva a Los Angeles era come un mattone nello stomaco. Non mi piaceva la gelosia che ne scaturiva.

Strinsi le mani in pugni. Se avesse fatto quel giochino, l'avrei lasciata andare. Poteva tornare a Mosca con un bersaglio sulla schiena. Correre da sola i suoi rischi. Io non mi sarei certo messo a giocare.

Il tracciamento si mosse. Guardai finché non si fermò e poi ingrandii. The Colony. Un famoso nightclub di Hollywood. La gelosia irrazionale ancora mi lacerava la gola; chiamai una macchina mi feci portare al club, dove sventolai una frusciante banconota da cento dollari per saltare la fila che girava intorno all'isolato.

Il posto era pieno di belle persone ovunque, corpi che si intrecciavano al ritmo della musica pulsante. Mi guardai intorno alla ricerca di una rossa in particolare, pronta a tirarla fuori da lì e mostrarle la frusta, ma quando finalmente la trovai la furia si esaurì.

Non era con un uomo.

Indossava un vestito rosso attillato e sedeva con un gruppo di giovani ugualmente belle e discinte. Probabilmente amiche o coinquiline del college. Erano fuori, in città, si divertivano, come dovevano fare le belle giovani donne. Come avrebbe dovuto fare Sasha, se fosse stata una normale ventitreenne.

Una che non fosse un'ereditiera del petrolio della

bratva russa con un centinaio di criminali che correvano dietro alla sua fortuna.

Quello che mi fermò completamente, però, fu il sorriso che le illuminava il viso. Il gruppo era seduto in uno spazio circolare, bevevano Cosmopolitan e ridevano. Sasha sembrava completamente a suo agio. A casa. Il viso era aperto e rilassato, pieno di vita e gioia.

Diversissimo dal volto altezzoso e chiuso che mi presentava dal giorno del matrimonio. Improvvisamente fui dilaniato dal senso di colpa. Non che ritenessi tutta quella merda colpa mia: era senza dubbio di Igor. Però mi dispiaceva per Sasha e per la posizione in cui era stata messa.

Mi dispiaceva anche per me stesso, per essermi accollato la responsabilità di tenerla in vita. I soldi non bastavano ad addolcirne il peso. Lì ci stavo bene anche senza. Ravil aveva guadagnato milioni nel settore immobiliare, e anche io avevo iniziato a costruire la mia ricchezza. Niente in confronto a Sasha o Ravil, ma abbastanza per me. Se non avessi sentito un obbligo così forte nei confronti di Igor, una tale lealtà, gli avrei detto di trovarsi un altro idiota.

Trovai un posto vicino al bar dall'altra parte del locale. Un punto da cui guardare per assicurarmi che Sasha e le sue amiche fossero al sicuro, ma dove non mi avrebbe notato. Ordinai un bicchierino di Beluga e guardai. Avevo controllato i dintorni da quando ero arrivato, alla ricerca di tutto ciò che sembrava fuori posto. Qualsiasi uomo con tatuaggi come i miei, chiunque guardasse mia moglie.

Moglie. La parola mi suonava ancora estranea.

Non avevo notato minacce.

Partì una canzone che le fece illuminare tutte in quello che sembrava essere un ricordo condiviso. Ci furono grida e risate, e si scolarono i drink per alzarsi e ballare. Dovetti ascoltare un attimo per riconoscerla. Era la versione dance di *Chandelier* di Sia.

Le giovani ondeggiavano e si muovevano con la musica, e la loro bellezza e il loro ovvio divertimento attirarono l'attenzione degli squali che le circondavano. Gli uomini arrivarono da tutte le parti.

Strinsi i denti ma restai dov'ero. Avrei lasciato che si divertisse, per ora. Bastava che ness...

Oh, cazzo... no.

Nell'istante in cui uno le mise le mani sui fianchi, mi alzai dalla sedia.

~

SASHA

DOPO UNA CENA nel nostro locale di tacos preferito, io e le amiche andammo in un club per ballare. Indossavo un vestitino rosso e tacchi a spillo che avevo messo nel borsone gigantesco. Fuori, in pista con le amiche, mi stavo divertendo un mondo nonostante la sensazione che stesse per esplodere una bomba a orologeria.

Maxim non aveva chiamato né scritto, il che probabilmente significava che stava arrivando o che era già lì. Non avevo dubbi che mi avrebbe raggiunta, motivo per cui avevo intenzione di godermi tutto al massimo fino a quel momento.

Ero alticcia, quindi mi ci volle un minuto per notare che uno stronzo mi aveva messo le mani sui fianchi da dietro. Stavo per dirgli di fare un passo indietro quando Maxim mi apparve improvvisamente di fronte.

Bastò uno sguardo per capire che era incazzato. Non

irritato, come se stesse per buttarmi sulle spalle e portarmi fuori, ma mortalmente incazzato.

Spesso dimenticavo, volutamente, che gli uomini di mio padre erano assassini.

Deglutii forte.

«Toglitelo di dosso o avrai il suo sangue sulle tue mani.» Parlò in russo in modo che lo capissi solo io.

Avrei potuto allontanare il ragazzo, ma prima ancora che il pensiero si formasse arrivai a una soluzione migliore. Balzai in avanti e avvolsi le braccia intorno al collo del nemico. Forse furono i cocktail a smuovermi. Forse fu puro istinto di sopravvivenza. Si dice che le donne non scappino e non attacchino: ci occupiamo delle cose e stringiamo alleanze. Bene, stavo legando con il mio carnefice.

Non fu un abbraccio. Modellai completamente il mio corpo al suo, incollando i fianchi contro le sue gambe, cavalcando una delle sue cosce come una cowgirl su un toro, sempre ondeggiando al ritmo della musica. I miei seni premevano contro alle sue costole, le mie labbra gli sfiorarono il collo.

Immediatamente mi circondò con un forte braccio; il palmo della mano si allargò verso la parte bassa della mia schiena, poi scese più giù per afferrarmi il culo e aiutarmi a cavalcare la gamba. Dopo pochi secondi, sentii la furia in lui dissiparsi. Il suo corpo si addolcì contro al mio. Oscillava al ritmo della musica. «Così va meglio» mormorò in inglese.

Grazie, cazzo. Mi resi conto che stavo tremando; gran parte della sbronza era scomparsa con l'adrenalina. Per un attimo avevo pensato che volesse strozzare me. Ma non era così: ce l'aveva con il coglione che ci aveva provato con me.

O almeno lo speravo. Non percepivo più quella pericolosa aggressività in lui.

Quella pericolosa possessività nei miei confronti non

avrebbe dovuto provocarmi fremiti di eccitazione, e invece... una parte di me adorava che fosse venuti lì a reclamarmi. E probabilmente stavo sfidando la sorte, e di brutto, ma visto quant'era bello ballare con lui non volevo ancora andarmene.

Ero sicura che fosse venuto a ributtarmi su un aereo. Mi aspettavo che mi avrebbe legata al letto una volta tornati. Oh accidenti, che pensiero eccitante...

Ma era così incredibilmente meraviglioso essere di nuovo con le mie amiche. Mi sentivo più me stessa di quanto non mi fossi sentita nell'ultimo anno. Con le amiche potevo essere me stessa, ridere e divertirmi.

«Maxim» cominciai, senza fiato. «Possiamo, per favore... restare ancora un po'?»

Mosse i fianchi, portando i miei a un circolo sulla sua gamba. Ero abbastanza sicura di avere le mutandine fradice. Probabilmente gli avrei lasciato una macchia bagnata sulla gamba. «Sì, possiamo restare» disse facendoci ondeggiare da una parte all'altra. «Non sono venuto fin qui per perdermi le tue amiche americane.»

Emisi un sospiro di incredulità. Non mi aspettavo che fosse tanto accomodante.

Ma poi disse: «Domani avrò tutto il giorno per punirti.»

Probabilmente avrei dovuto essere preoccupata, e lo ero... un po'. Ma il battito nella pancia era dovuto soprattutto all'eccitazione. Forse fu a causa delle fusa vellutate e oscure che prese la sua voce quando lo disse.

Osai alzare il viso verso il suo e dare un'occhiata alla sua espressione. Era difficile da interpretare. Mi fissava con uno sguardo tenebroso insondabile. Forse c'era un pizzico di indulgenza.

Mi alzai in punta di piedi e mossi le labbra contro alle

sue. Fu un bacio incerto. Non come le mie solite cazzate rizzacazzi. Un vero bacio, spaventoso e sensuale.

Non ricambiò, mi lasciò solo fare le mie cose, il che lo rese ancora più atroce. Ero abituata a essere io quella che gli uomini cercavano di baciare. Io quella che rifiutava o accettava il bacio. Non quella che si metteva in gioco sperando che il gesto venisse accolto. La vulnerabilità della situazione mi bruciò.

Mi allontanai e lui mi fissò. «Sono le tue scuse?» chiese.

Annuii.

Mi sfiorò la guancia con il dorso delle nocche. L'altra mano mi teneva ancora saldamente il culo, come se stesse mostrando a ogni uomo presente che appartenevo a lui. «Va bene» mormorò, e abbassò la bocca sulla mia nello stesso modo lento ed esplorativo in cui l'avevo baciato. Le sue labbra scivolarono sulle mie. Sapevano di menta pipe-rita e vodka.

Quando gli feci scivolare la lingua nella bocca, il suo cazzo si allungò contro alla mia pancia.

«Ho qualcosa per te» disse quando il bacio finì. Si infilò una mano in tasca.

Non sapevo cosa aspettarmi: un paio di manette? Un righello per schiaffeggiarmi le nocche? Un collare a cui attaccare un guinzaglio? Ma era una scatolina per anelli. Mi prese la mano sinistra e mi tolse quello di mio padre dal dito, poi se lo lasciò cadere in tasca come se non fosse niente di più significativo di una moneta. Aspettai; l'attesa mi lasciava senza fiato.

Stavo ancora tremando, che fosse per paura della sua apparizione improvvisa o per il bacio o per l'anello che stava per darmi, non potevo esserne sicura. Aprì la scato-lina ed estrasse un grande, bellissimo anello.

Delicato ma enorme, se possibile. Lo smeraldo centrale

era enorme e bello, ma la fascia era sottile e ricoperta degli stessi minuscoli diamanti che incorniciavano lo smeraldo.

Me lo fece scivolare sul dito e si adattò perfettamente. Chissà come aveva fatto a prenderci. «Ti piace?»

Gli feci un cenno. Pensai che in circostanze diverse avrei potuto fingere che non mi piacesse ...che non avrei voluto concedergli la vittoria. Ma mi aveva colta di sorpresa. Si era presentato, come mi aspettavo, ma non aveva fatto una scenata e non aveva nemmeno tirato un pugno al ragazzo che mi stava toccando. E invece di inveire e arrabbiarsi ed esigere punizioni, aveva tirato fuori una bellissima fede nuziale.

Un regalo premuroso e costoso che mi sarebbe piaciuto davvero indossare. Mi stava bene e, onestamente, la adoravo.

«Cos'è questo?» Ashley mi prese la mano e la alzò perché le altre la vedessero. Strillarono e si strinsero intorno a noi.

«È la fede nuziale?» chiese Kayla.

«Lui è Maxim?» chiese Sheri contemporaneamente.

«Vi unite a noi per un brindisi?» chiese Maxim. Era così dannatamente gentile, così scaltro... lo odiavo, perché ero già caduta vittima del suo fascino in passato. Ma mi piaceva anche perché faceva così con le mie amiche, che per me contavano molto. Non che avessi bisogno che gli piacesse – le avevo già aggiornate sull'intera storia del matrimonio combinato in stile medievale – ma volevo che vedessero con cosa avevo a che fare.

E forse non mi sarebbe neanche dispiaciuto che lo apprezzassero.

Ci condusse fuori dalla pista da ballo. Ovviamente il nostro tavolino era stato occupato, ma Maxim sollevò una banconota da cento dollari tra le nocche e una cameriera ci trovò all'istante. La stessa che prima aveva impiegato quarantacinque minuti per venire a prendere le nostre ordinazioni.

«Una bottiglia di Moët e sei bicchieri.»

La cameriera gli si sciolse davanti. O forse erano solo i soldi, ma in ogni caso lei brillò più di una lampadina da mille watt e ci invitò in un angolo del bar dove stappò e consegnò lo champagne in un cestello col ghiaccio. Fece per versarlo ma Maxim prese il sopravvento, alzando il mento con il suo sorriso sexy per congedarla.

Sbatté le ciglia e scomparve, dicendogli di chiamarla se avesse avuto bisogno di qualcos'altro. Lui la prese per un braccio e lei si piegò indietro mentre lui chiedeva qualcos'altro, e io digrignai i denti. Forse ero possessiva quanto Maxim.

«Alla mia bellissima sposa» disse Maxim dopo aver versato lo champagne nei sei calici e averli distribuiti.

«Congratulazioni a entrambi» disse Kayla.

«A entrambi» concordarono le altre.

«*Na zdorov'e*» dissi, ricordando alle amiche la versione russa di *cin cin*.

«Nostrovia!» risposero tutti, persino Kimberly. Le altre dovevano averglielo insegnato, il che mi fece sorridere: la mia presenza era stata onorata e ricordata.

Maxim attirò la mia attenzione e mi palpitò la pancia. «*Na zdorov'e.*» Fece tintinnare il bicchiere. Lo vuotò e lo usò per brindare in aria con tutte. «Dimmi un po': come vi siete conosciute? Siete tutte attrici?»

Kayla sorrise. «Io sì.» Mi mise un braccio intorno alle spalle. «Abbiamo fatto teatro insieme tutti e quattro gli anni. E abbiamo incontrato queste due facendo le promoter durante il nostro anno da matricole.» Indicò Sheri e Ashley. «Abbiamo vissuto tutte insieme l'ultimo anno. E lei ha preso il posto di Sasha.» Alzò il mento verso

Kimberly. «È la nostra nuova coinquilina, e lavora anche lei per la stessa azienda di promoter.»

«Non c'è niente che possa sostituire Sasha» dissi, versando qualche goccia del mio champagne mentre alzavo le braccia in modo che potessero ammirare la mia figura. «Senza offesa, ovviamente.» Feci l'occhiolino a Kimberly, anche se ero certa che sapesse che stavo scherzando.

«Promoter di cosa?» Maxim sembrò perplesso.

«Ci vestivamo con costumi succinti per promuovere i nuovi prodotti durante i lanci.» Feci spallucce. «Come nuovi alcolici, bevande energetiche o barrette sostitutive del pasto. Pagavano in contanti ed è stato molto divertente.»

«Ci scommetto, che ti sei divertita.» Stavolta fui sicura di percepire indulgenza nello sguardo di Maxim. «Un giro di shottini?»

Perché era così gentile con me?

Mi venne l'ansia: aspettavo che la scure finalmente si abbattesse.

«Diavolo, sì!» gridarono le mie amiche, e Maxim alzò un'altra banconota da cento dollari per guadagnarsi un servizio istantaneo.

«Sei bicchierini di tequila Cazadores. Con sale e lime.»

«Tequila!» esultarono le amiche. La loro felicità era contagiosa. Mi fece rilassare e dimenticare le mie ansie per Maxim.

Costava più di cento dollari, e tirò fuori il portafoglio per prendere un'altra banconota. Mentre stava parlando con la cameriera dei cocktail, Ashley mormorò le parole *è figo*.

Buttai uno sguardo, irrazionalmente orgogliosa che le mie amiche la pensassero così.

Era figo. Indossava una button-down di marca fresca di

bucato e aperta sul colletto: perfetto per la California. Come se avesse saputo che sarebbe venuto in un nightclub elegante. Ma era così che si vestiva sempre, almeno in quell'ultima settimana.

«Mi piace» disse Kayla ad alta voce, sporgendosi in avanti sul bancone con fare cospiratorio.

«Sono contenta per te» concordò Sheri indicandomi. Alzò le sopracciglia. «Mettilo sotto. Scommetto che è bravo.»

Maxim tornò a prestarci attenzione, e tutte sorrisero maliziosamente. Accolse la cosa con un sorrisetto. «Scommetto che voi vi mettete in guai di ogni sorta.» Il suo sguardo si spostò di lato e improvvisamente mi tirò la mano. «Dai, si è liberato un tavolo.»

Ci lanciammo per rivendicare uno spazio circolare perfetto come quello di prima. Un altro gruppo cercò di accaparrarselo nello stesso momento, ma Maxim si girò per affrontarli e bloccarli con il suo corpo.

«Non se ne parla, amico.» Uno del gruppo iniziò a rompergli le scatole. «Lo stavamo aspettando.»

Feci passare il braccio attraverso il suo e parlai con il ragazzo. «Non rompere al russo» dissi, lasciando uscire forte l'accento. «O ti userà come straccio per pulire il pavimento.»

Maxim non si mosse. Non parlò. Si limitò a fissare il ragazzo con un'intensità che avrebbe potuto tagliare il vetro.

«Andiamo.» Le donne in compagnia dell'aspirante eroe lo trascinarono via.

Scivolai al tavolino con le mie amiche e Maxim si sedette in fondo, da nostro protettore.

«Ti piacciono i drammi, vero, *sacharok*?» Sembrava imperturbabile.

La critica colpì un po' troppo a fondo – proprio di

quello mio padre aveva sempre accusata: avevo bisogno di attenzioni. Di fare la reginetta del dramma. «Che cosa?»

«Niente. Sappi solo che quando fai così raddoppi le possibilità che io faccia del male a qualcuno.»

«In che senso?»

Le amiche stavano ascoltando, e mi sentivo a disagio visto che quella poteva non esser cosa di cui renderle partecipi.

Maxim sembrava però divertito. Alzò le spalle con scioltezza. «Perché se ti dicessero qualcosa di irrispettoso, sarei costretto a *ucciderli*.»

Le amiche si lanciarono in un *ooh* per il commento. In una specie di simulazione di svenimento, immaginai. Dato che non sapevano che intendeva *letteralmente* uccidere.

Fui salvata dalla risposta dall'arrivo della cameriera con i cocktail, anche se forse c'era da specifica la *sua* cameriera, visto che prestava attenzione solo a lui.

Mise davanti a ciascuno di noi un bicchierino di tequila, un piattino di spicchi di lime e la saliera.

Maxim prese la saliera, precedendomi. «Body shot. Scelgo io il punto.»

Battei le palpebre. Sapevo cos'erano i body shot. Li avevo già fatti con gli stupidi ragazzi del college. Ma mai con l'uomo bollente e virile che avevo accanto. Il ragazzo con cui ero sposata. L'uomo per cui le mie amiche e il liquore che avevo già consumato avevano abbassato le mie inibizioni.

Esitai, aspettando di vedere dove avrebbe messo il sale, ma scelse un posto innocuo: il punto tra il pollice e l'indice. Lo leccò e versò il sale, poi tenne il lime tra i denti.

Per tutto il tempo le amiche rimasero a guardare, aspettando che arrivasse il loro turno per lo spettacolo dello shot.

Portò la sua mano alle mie labbra. Leccai, tirai giù il

mio shot e morsi il lime tra le sue labbra mentre le mie amiche urlavano e gridavano.

«Ti va di condividere, bella? Perché un po' di voglia di leccare anch'io un pochino ce l'ho» disse Kimberly facendo l'occhiolino.

Sapevo che stava scherzando, probabilmente per spingermi a fare sesso con Maxim, ma fu innegabile la botta di gelosia che mi colpì in pieno petto. Fu quella, insieme al mio esibizionismo appena riconosciuto, a farmi prendere lime e saliera. «Vieni a prenderlo, ragazzone.» Strofinai il lime sulla parte superiore di un seno, dove la pelle sbucava da sopra il vestito, quindi ci cosparsi sopra il sale. Gli lanciai uno sguardo alla *ne hai il coraggio?* anche se non avevo alcun dubbio che lo avesse sul serio.

Già: ne fece uno spettacolo totale e io fui al centro dell'attenzione, esattamente come piaceva a me. Si avvicinò lentamente e trascinò la lingua sul sale. Poi passò di nuovo, e una terza volta, prima di immergere la lingua sotto la parte superiore del vestito e stuzzicarmi il capezzolo.

«Mmm.» Si avvicinò e sostenne il mio sguardo mentre buttava giù la tequila. Non mi succhiò il lime tra i denti. Mi baciò invece appassionatamente, torcendo e succhiando il lime tra le nostre labbra mentre mi teneva prigioniera la parte posteriore della testa.

Quando finalmente si fermò, sputai il lime sul tavolo e respirai per recuperare fiato.

Kayla si sventolò. «Oh mio Dio. Quindi è così che si fa.»

«È il vostro turno.» Maxim fece l'occhiolino, e le mie amiche si salarono i pollici e buttarono giù lo shot.

Apparve magicamente un giro di bottiglie d'acqua: Maxim doveva averle ordinate prima che la cameriera se ne fosse andata l'ultima volta.

«Andiamo a ballare» suggerii, un po' ubriaca dopo aver bevuto metà dell'acqua.

Maxim si alzò per farmi uscire. «Vuoi che venga con te o che resti qui a tenere il tavolo?»

Gli misi le mani sul petto, urtando accidentalmente contro di lui quando persi l'equilibrio. Perché era così dannatamente gentile con me?

Oddio, l'avevo chiesto ad alta voce. Dovevo assolutamente ballare per smaltire lo shot di tequila.

Mi alzai in punta di piedi e gli premetti un bacio sciatto sulle labbra. «Grazie. Tieni il tavolo» dissi, e mi spostai in pista con Kayla e Ashley. Le altre due restarono con Maxim. Mi girai di scatto dopo pochi passi e puntai in mezzo a loro. «Nessuno shot sul corpo mentre sono via. Lui è mio.»

Il sorriso divertito di Maxim mi mandò cascate di calore nella pancia e lungo le cosce.

Mio bel maritino.

CAPITOLO NOVE

Maxim

ALLA MIA sposa e alle sue amiche piaceva l'attenzione che attiravano sulla pista da ballo. Ero un uomo possessivo, estremamente possessivo. E quando quel *mudak* aveva messo le mani su di lei, ero diventato geloso da morire. Ma non ero uno di quelli che aveva bisogno che la sua donna fosse coperta e non mostrasse i doni che Dio le aveva elargito. Specialmente se ostentarli la arrapava.

Le donne ballarono e poi tornarono. Mandai giù l'acqua, poi ordinai un altro giro di cocktail, che non finirono. La prossima volta che andarono andate a ballare, le seguii. C'erano piattaforme alte mezzo metro su cui le persone potevano salire per ballare contro il muro, e io portai il gruppo lì. Tenni la mano di Sasha per tenerla ferma e alzai il mento verso la piattaforma. Sopra c'era gente che ballava, ma esibii abbastanza autorità – neanche fossi stato il proprietario del locale e decidessi io chi poteva ballare sui mini palchi – che la gente decise di saltare giù.

Sasha lo adorò. Si arrampicò e tirò su le sue amiche. Girando e saltando con piacere. Mi guardò con negli occhi il calore della lussuria e dell'esibizionismo indotti dall'alcol. «Sali?» gridò sopra la musica.

Scossi la testa. «Sto di guardia.»

Le sue amiche lo adorarono. Lanciarono urla e *ooh*. Ma non l'avevo detto per fare effetto. Ero davvero di guardia. Da dove ballavo, potevo vedere lampi di mutandine sotto le loro gonne corte, e ogni ragazzo che lo avesse preso come un via libera ad avvicinarsi avrebbe assaggiato le mie nocche nell'intestino.

Capire quando lasciare una festa alcolica era un'arte. L'ideale era partire appena passato il picco, mentre tutto era ancora perfetto e divertente, senza essere troppo ubriachi.

Osservai l'esuberanza iniziare a scemare, e poi le feci scendere dalla piattaforma e le portai fuori per una boccata d'aria. Una volta raffreddate, suggerii che era ora di andare.

Sasha ritirò il suo borsone dal guardaroba e io misi le amiche nel primo dei taxi in arrivo davanti al club d'élite. Feci il giro fino al finestrino del conducente e diedi al tassista una banconota da cento dollari. «Per la corsa. Se non tornano a casa sane e salve, ti darò la caccia e ti ucciderò.»

Sasha mi schiaffeggiò il braccio mentre quello faceva un cenno con la testa e accettava i contanti.

«Non puoi dire così.»

«Posso» replicai. «L'ho appena fatto.» Chiamai un secondo taxi per noi.

Sasha scosse la testa. Era a metà tra il brillo e lo sbronzo, quindi tutti i suoi movimenti erano esagerati e lenti. «Puoi farla da padrone in questo modo solo perché sei un uomo. Io non potrei mai ripetere una scena così e farmi prendere sul serio.» La presi per il gomito mentre barcollava sul marciapiede, poi la portai sul retro del taxi e la seguii dentro.

«Chateau Marmont», dissi all'autista.

Sasha stava ancora digerendo l'ingiustizia. «Credo che non riuscirei nemmeno a convincere la cameriera a offrirmi un servizio decente. E sono i *miei* soldi quelli che stai buttando in giro.»

«Sono i miei» la corressi.

«In ogni caso, sei tu ad avere tutto il potere. Io non ho niente.»

Entrare in una discussione filosofica con lei in quello stato era probabilmente una cattiva idea, ma lo feci comunque. Aveva ragione: interpretare il maschio alfa è facile quando lo si è, ma lei si vedeva molto più debole di quanto non fosse. «Il potere non è solo categorizzato per genere. E *sicuramente* non viene conferito dagli altri. È una scelta che si fa per se stessi. O subisci tutti gli altri, o rivendichi il tuo potere.»

«Giusto. E come pensi che avrei dovuto prendermi il potere quando mio padre mi ha chiamata per dirmi di sposarti altrimenti avrei perso l'eredità? Eh? Avrei dovuto dirgli di andare a fanculo? Tu avresti fatto così?»

Aveva ragione.

Ma ce l'avevo anch'io.

«No, Sasha. Ma ora sei sposata con me e hai una scelta. Puoi continuare a provocarmi e punzecchiarmi, scappando e costringendomi a inseguirti, per cercare di ottenere il potere da me. Oppure puoi decidere di essere mia pari e avanzare le tue richieste. Dimmi cosa ti serve da me per far funzionare la cosa.»

Sbatté le palpebre, con gli occhi spalancati, ammutolita per un attimo. Poi disse: «Ma io non voglio che funzioni.»

Quelle parole mi colpirono come un blocco di cemento alla testa.

«Qual è l'alternativa, *sacharok*? Che divorziamo e i soldi vadano a Vladimir? Oppure ci separiamo e uno degli uomini di tuo padre ti rapisce o ti uccide per avere la tua fortuna?»

«Ho avanzato le mie richieste.» Mi colpì il braccio con il dorso della mano. «Ti ho chiesto di lasciarmi rimanere a Mosca. E come è andata a finire? Eh? Ah sì, ricordo: è finita con te che mi hai caricata in macchina come un sacco di patate!»

Mi si contrassero le labbra al ricordo e alla sua grinta. «La mia capacità di tenerti in vita è forse l'unica ragione per cui tuo padre mi ha scelto. Lasciarti a Mosca non me lo avrebbe permesso.»

«Va bene, poi ti ho chiesto una stanza mia. Cosa ho ottenuto?»

Il tassista si fermò davanti all'hotel. Pagai e lui le aprì lo sportello di Sasha. Feci il giro per prenderle la mano.

«Non mi fidavo del fatto che non saresti scappata. E con buone ragioni, a quanto pare.»

«Stai davvero parlando solo di sesso quando mi dici di chiedere ciò di cui ho bisogno?» chiese mentre entravamo nell'atrio.

Le misi un dito sulle labbra con un sorriso perché stava facendo troppo chiasso, e lei ridacchiò.

«È così?» mi chiese di nuovo mentre la guidavo lungo il corridoio. «Vuoi che ti richieda del sesso? Le mie amiche pensano che dovrei.»

Aprii la camera e lei si guardò intorno, notando solo a quel punto l'ambiente circostante. «Dove siamo?»

«Chateau Marmont.»

Si girò e aprì le braccia. «Ho sempre voluto venirci.»

Mi avvicinai; le mie mani le toccarono leggermente la vita. «E ora ci sei.»

Barcollò, sbatté le palpebre. Probabilmente era sbagliato cercare di sedurre mia moglie quando aveva bevuto, ma ero stato duro come il cemento da quando, per la prima volta, mi si era lanciata addosso, lì sulla pista da ballo.

«Come me lo chiederesti?» domandai, facendole scivolare le mani lungo i fianchi fino ad arrivare all'orlo cortissimo del vestito. Lo tirai su.

«Vedi, il fatto è che non penso che te lo meriti» mi disse.

D'altra parte, l'ubriachezza rendeva il momento perfetto per capire quali schemi si sbrogliassero in quella sua bella testolina.

«Hai ragione» concordai. «Non me lo merito. Non dopo che ti sei offerta così graziosamente prima e io non ho accettato.» Mentre parlavo, le alzai lentamente il vestito sul culo, poi sul busto e sopra alla testa.

Ecco. Era allo scoperto. Forse potevamo lasciarci quelle rogne alle spalle una volta per tutte.

Era stupenda con reggiseno rosa e perizoma abbinato. Sinuosa, voluttuosa e perfetta.

La compostezza di Sasha si sgretolò un po', probabilmente sia per il fatto di essere stata spogliata sia per il promemoria. Ma essendo la mia bella sposa infuocata, aprì il reggiseno, permettendo ai seni di liberarsi e rimbalzare. Aveva una coppa doppia D piena, ed era fottutamente stupenda con quella pelle pallida e i capezzoli rosa. Lasciò cadere il reggiseno sul pavimento, sollevò il mento e accarezzò con orgoglio i suoi bei seni. «Beh, questo è quello che ti sei perso, Max. E non avrai una seconda possibilità.»

«Sasha, ti volevo allora e ti voglio adesso.» Entrai nel

suo spazio, sbottonandomi la camicia e gettandola a terra. «Se non avessi avuto diciassette anni e non fossi stata la figlia del *pachan*, ti sarei stato addosso tutta la notte, ogni notte in quel viaggio.» Mi tolsi la canottiera. «Credimi.»

Strinse la mascella come se non volesse credermi, ma sapevo di avere la sua attenzione. Stavo dicendo la cosa giusta, per una volta.

Colsi l'occasione e le toccai leggermente la vita. Lasciò che le mie dita scivolassero sotto allo spago del perizoma. Non lo mossi. Si trattava solo di un suggerimento riguardo a cosa avrei potuto fare. «Zuccherino, tuo padre mi avrebbe ucciso. E non con una bella, rapida morte per pietà. Mi avrebbe tagliato le palle. Tagliato ogni dito che ti aveva toccata. E poi mi avrebbe tagliato la gola e mi avrebbe ascoltato implorare mentre mi dissanguavo.»

Scosse la testa e alzò le labbra imbronciate verso l'interno. Invece di indietreggiare, però, si appoggiò a me: i capezzoli mi sfiorarono il petto nudo. «Non mi hai semplicemente rifiutata. *Sei andato a dirlo a mio padre.*» Mi colpì il petto. L'accusa e il tradimento nei suoi occhi mi colpirono.

Soprattutto quando un velo di lacrime le ricoprì gli occhi. «Sai cos'ha fatto?» Cercò di spingermi via, ma non mi mossi. «Mi ha schiaffeggiata e mi ha chiamata puttana.» Mi schiaffeggiò.

Oh, cazzo. Mi si contorse il cuore. Igor per lei era stato un padre proprio del cazzo. Le presi la guancia, come a lenire il bruciore di uno schiaffo vecchio di anni.

«Nessuno ti schiaffeggerà mai più, te lo prometto. Non se vogliono vivere.»

Sbatté le palpebre rapidamente.

«Cazzo, zuccherino. Scusami. Mi dispiace tanto. Ma dovevo dirglielo.» Sistemai le mani sui suoi fianchi e la guidai gentilmente all'indietro verso il letto. «Igor era così contorto che avevo paura che fosse un test. Che ti avesse detto di tentarmi per scoprire se ero leale. Se avrei rispettato le regole. E anche se non fosse stato un test, se qualcun altro su quello yacht gli avesse detto di averti visto entrare o uscire dalla mia cabina sarei stato un uomo morto. Non potevo proprio aspettare un'accusa del genere: dovevo reagire. Mi hai messo la testa sul ceppo, entrando in quella stanza.»

Smisi di guidarla prima che la parte posteriore delle sue gambe colpisse il materasso. Volevo averla in orizzontale, ma quella conversazione era troppo importante per non essere portata a termine. Avrei dovuto farlo il giorno in cui ci eravamo sposati.

«Non ti perdono» disse imbronciata, e percepii la bugia.

«Fammi un ripassino» la supplicai. «Per come lo ricordo, eri in mezzo al mio letto.» Le alzai i fianchi per farla ricadere sul letto. «Solo che non indossavi questo.» Afferrai il perizoma, andando piano nel caso protestasse.

Non protestò. Aveva le pupille dilatate mentre si adagiava sui gomiti e mi guardava trascinare via il pezzo di stoffa lungo le gambe.

Non era depilata integralmente, ma aveva un'ordinata peluria ramata. La pancia le tremolava dentro e fuori.

«Bellissima» mormorai. «Eri bella allora, ma adesso lo sei ancora di più.»

«Cosa c'è di diverso?» Aveva la voce roca.

Le alzai le ginocchia, allargandole, e mi sistemai tra le sue gambe. «Ora posso averti.»

Cercò di chiudermele intorno alle orecchie. «Io questo non l'ho detto.»

La leccai dentro e lei sussultò, stringendo ancora di più le cosce. Le afferrai le gambe e ne accarezzai una con il palmo. «Non intendevo quello. Solo che sei un'adulta e Igor è morto.» La verità era che non mi ero nemmeno permesso di guardarla la notte che l'avevo trovata nella mia stanza. Certo, avevo visto, ma avevo costretto la mente a ignorare la visione. Non mi ero nemmeno fatto una sega, perché sapevo che sarebbe stato sbagliato.

Sbagliatissimo.

Le sollevai le ginocchia per aprirle e la leccai, tracciandole le aree rosa, quindi succhiandole clitoride tra le labbra.

Cercai di farle entrare l'indice dentro, ma era stretta da morire. Piagnucolò leggermente. Quando alzai lo sguardo per interpretarne il viso, trovai la sua espressione leggermente allarmata.

Mi vennero i brividi sulle braccia quando mi colpì il pensiero: dopotutto la mia sposa avrebbe potuto essere vergine.

«N-non avevi intenzione di punirmi?» arrossì, non sapevo se per eccitazione o imbarazzo.

Sapevo che stava cercando di distrarmi, ma adorai la richiesta. Era la seconda volta che mi ricordava la punizione. Pensai che le piacesse tanto quanto a me. La punizione al momento probabilmente le sembrava più sicura di lasciarmi conquistare la figa, specialmente se era vergine come stavo iniziando a sospettare.

Sorrisi. «Volevo aspettare domattina, quando saresti stata sobria, ma se vuoi la sculacciata ora, sarò felice di dartela.»

Non le diedi la possibilità di rispondere; mi limitai a infilarle la mano sotto a un fianco per farla rotolare sulla pancia. Allargò un po' le gambe, da brava ragazza. Le diedi un paio di schiaffi al culo e lo massaggiai.

Fanculo. Sasha *era* una brava ragazza. Poteva fare la cattiva tutto il giorno, ma alla fine aveva mantenuto la figa incontaminata perché Igor le aveva detto di tenerla sotto chiave. Mi aveva ingannato. Aveva ingannato tutti. Ma le provocazioni sessuali non erano che manipolazioni. Sotto sotto, la mia sposa era un'innocentina.

Aveva persino ingannato Igor, dichiarando apertamente di non essere vergine.

Che asino.

Immersi le dita tra le cosce morbide e strofinai. La figa gocciolò, avida di attenzioni. Diffusi l'umidità fino a circondarle il clitoride e viceversa. Poi diedi diversi colpi forti. «Questo è per aver lasciato che quel *mudak* ti toccasse» le dissi, usando la parola russa per stronzo invece dell'inglese. «La parte che non sarò pronto a perdonare.» La accarezzai di nuovo, stuzzicandole l'ingresso col polpastrello prima di infilarci dentro il dito.

Allargò le gambe di più, inclinando il culo all'indietro per darmi un accesso migliore. «Stavo per dargli una gomitata, quando sei arrivato.»

Pompai lentamente il dito mentre le schiaffeggiavo il culo un paio di volte con la mano libera. «Meglio che sia vero, cazzo.»

Gemette. «È vero.» Il suo accento divenne più forte.

Mi allontanai e le scaldai di nuovo il culo con un'altra raffica di sculacciate. Cominciai piano e gradualmente aumentai la potenza delle sculacciate finché lei non iniziò a contorcersi e allungarsi indietro. Le afferrai il polso e le piegai il braccio dietro alla schiena. «Questo è per avermi fatto salire su un cazzo di aereo per inseguirti.» Le diedi uno schiaffo dietro alle gambe e lei gridò, maledicendomi in russo. La sua pelle di porcellana si illuminò di rosa delle impronte delle mie mani, e non potei proprio negare l'ondata di possessività che provai nell'ammirarla.

Le feci scivolare il medio tra le gambe mentre il pollice

si immergeva tra le natiche per spingere sulla grinza posteriore. Strinse forte le natiche contro l'intrusione.

Le schiaffeggiai il culo con la mano libera e continuai a
far passare il medio oltre lo stretto ingresso e a fare pressione con il pollice. Le aprii le natiche e feci cadere un po'
di saliva nel mezzo per aiutarmi nei progressi.

«Cosa stai... *oh!*» Sussultò mentre facevo breccia nel
buco posteriore. Ansimò, i suoi fianchi si dondolarono per
accogliere il medio più a fondo. Mi appoggiai sullo stinco,
accanto a lei, per avvicinarmi, spingendo le dita in
entrambi i suoi buchi. Mi alternai, riempiendole la figa e
poi il culo mentre si contorceva e gemeva incoerentemente.
Feci scorrere la mano libera sotto ai suoi fianchi per trovare
il clitoride e lei scalciò, aprendo ancora di più le gambe.
Era bellissima, completamente arresa, arrendevole, reat-
tiva. Cercai di infilare un secondo dito nel suo ingresso
stretto mentre mi muovevo in circolo intorno al clitoride.

«Maxim.» Sembrava allarmata. Doveva essere vicina
all'orgasmo.

«Esatto, *sacharok*. *Di' il mio fottuto nome.*» Ero allo stesso
tempo scioccato da quanto lontano fossimo arrivati da ieri
e sbalordito da quanto sembrasse giusto. Com'era soddisfacente sentire la mia riluttante sposa gracchiare il mio nome
con quel tono disperato e bisognoso...

Pompai in entrambi i fori contemporaneamente e lei
spinse indietro per portarmi più a fondo, inarcando la
schiena. Il cazzo si tese forte contro alla cerniera, ma ora
che sospettavo che fosse vergine non potevo prenderla.
Non stasera che aveva bevuto. Sarebbe stato sbagliato,
anche se era mia moglie.

«Maxim... *gospodi.*» Strinse entrambi i fori, spingendo le
mie dita più in profondità mentre veniva con un grido
strozzato. Continuai a massaggiarle il clitoride finché i suoi
muscoli non smisero di contrarsi e pulsare. Finché non

sprofondò di nuovo nel letto, liberando tutta la tensione del suo corpo.

Mi chinai e le morsi la spalla, poi le baciai il centro della schiena. «Brava ragazza. Hai accolto benissimo la punizione, dolcezza.» Allontanai le dita e andai in bagno a lavarmi e le portai un asciugamano umido. Era già mezza addormentata: l'alcol e l'orgasmo l'avevano mandata nel mondo dei sogni. Riuscii a metterla sotto le coperte e poi mi spogliai, spensi la luce e strisciai accanto a lei.

Era completamente nuda e proprio accanto a me.

Ogni parte di me avrebbe voluta girarla e scoparla fino a rompere il letto, ma in qualche modo riuscii a tenere a freno la lussuria.

Mi accontentai invece di mettermi a cucchiaio contro alla mia gloriosa e cattiva principessa della bratva e di prenderle a coppa la figa gocciolante in modo possessivo.

«Questa figa è mia» le ringhiai nell'orecchio, anche se era per lo più addormentata. Le accarezzai il sesso gonfio e scivoloso. «Si bagna per me, vero? Solo per me.»

Il suo respiro si fermò un po', e si mosse, spingendo il sedere contro al mio cazzo teso.

«Sono l'unico uomo che saprà mai quanto fottutamente dolce sia. Com'è quando sei gonfia e bisognosa. Che sapore ha quando mi tremi contro alla bocca.»

Emise un sospiro lamentoso.

«Sei stata brava a conservarti per me.»

Il suo respiro si fermò.

Dopo averlo trattenuto per un momento, si girò verso di me; le sue mani trovarono il mio petto nell'oscurità. «Come fai a saperlo?»

La strinsi contro al mio corpo, ignorando il potente bisogno di consumare il matrimonio. Di battere tra quelle cosce lattiginose fino a farla diventare rauca dalle urla. «Ho ragione?»

Piagnucolò, e dopo qualche istante appoggiò il viso sulla mia spalla; il suo respiro si uniformò di nuovo e mi resi conto che si era riaddormentata.

Come risposta, bastava. La mia sposa era innocente.

Non per molto, però.

L'avrei sverginata prima di tornare a Chicago.

CAPITOLO DIECI

Sasha

MI SVEGLIAI nuda in una stanza dello Chateau Marmont con il corpo più lungo di Maxim appoggiato dietro il mio, la sua mano che mi toccava il seno, il cazzo che si contraeva contro al mio culo.

Gospodi.

Il mio viso si surriscaldò mentre i ricordi della notte precedente mi inondavano. Quanto del mio vero io avevo rivelato, il mio dolore per il suo rifiuto. La mia verginità.

Argh!

Era per quello che non aveva fatto sesso con me la notte? Era un gentiluomo?

Realizzai, con la pancia tutta contorta, che forse era proprio così.

E non mi piaceva pensare a Maxim come a un gentiluomo. Volevo continuare a credere che fosse il cattivo.

Semplificava di molto le cose.

Farmi strada in un matrimonio forzato con uno che

volevo davvero? Uno il cui amore bramavo come il mio prossimo respiro?

Tutta un'altra cosa. Uno con cui sarei potuta capitolare così facilmente...

Non volevo tornare a essere l'adolescente bisognosa, patetica e alla disperata ricerca di attenzioni. La odiavo, cazzo.

Quindi capovolsi il copione. Non vedevo l'ora di sentire in quello stesso letto, tremante come un fiore, come sarebbe stato vedermi la verginità strappata dal marito impostomi da mio padre. Non sarei stata una principessina medievale! Mi girai, spingendo Maxim sulla schiena con una mano sul petto tatuato.

Aprì gli occhi di scatto e li fissò sui miei, brillanti di curiosità.

Ero abituata al fatto che fosse lui a fare la prima mossa. Era l'aggressore. Lo schivai e mi tirai indietro. Quindi per un secondo, per abitudine, aspettai la sua reazione. Mi aspettavo che dicesse o facesse qualcosa. Che mi dicesse di fermarmi o andare avanti. Ma abbassò le palpebre e attese, ed ecco che tutto il potere fluì verso di me.

Per mantenerlo dovetti fingere che fosse qualcun altro, uno dei ragazzi del college che avevo rimorchiato in un bar o uno delle guardie più stupide di mio padre. Un tizio che mi avrebbe permesso di comandare. Feci scorrere l'unghia sul suo petto mentre mi mettevo a cavalcioni su di lui. Gli toccai il capezzolo con l'unghia finché non raggiunse il picco mentre strisciavo all'indietro, portando con me le lenzuola.

Il cazzo gli si alzò in segno di saluto. Ne afferrai saldamente la base e abbassai la bocca, guardando i suoi occhi scurirsi. Feci schioccare la cappella con la punta della lingua, solo per stuzzicarlo.

Un muscolo ticchettò vicino al naso di Maxim, come

l'inizio di un ringhio, ma poi si lisciò rapidamente. Quella vista mi fece battere forte il cuore.

Non era Maxim. Era un giocattolino qualsiasi. Uno facile da gestire.

Strinsi la base del cazzo e lo leccai tutto intorno alla sua cappella a fungo. Una goccia fuoriuscì dalla fessura e la leccai via. Sentivo la sua impazienza. Non gli piaceva essere provocato. O forse sì, non potevo dirlo. Forse ero solo nervosa. Ma smisi di indugiare e ingoiai quanto più del suo cazzo potevo far entrare in bocca tutto in una volta.

Gemette, afferrando nei pugni le lenzuola al suo fianco.

Incoraggiata, chinai la testa su e giù sul membro teso, ascoltando il suo respiro affannarsi.

«Ecco, dolcezza» brontolò, afferrandomi la nuca e incoraggiandomi a prenderlo più a fondo.

Era tornato al comando, ma continuai a mettermi in mostra, improvvisamente piuttosto disperata dal bisogno di dimostrargli che sapevo cosa stavo facendo. Gli feci il mio miglior pompino, e fare pompini agli uomini era un'abilità che avevo sviluppato bene.

Gli massaggiai le palle e la prostata con una mano mentre l'altro pugno scivolava su e giù sul cazzo per compensare la lunghezza che non riuscivo a far entrare nella bocca. Feci roteare la lingua, succhiai forte. Alternai rapidi, brevi movimenti sopra la cappella con il prenderlo a lungo e in profondità, nell'incavo della guancia e talvolta nella parte posteriore della gola.

Le cosce si flessero sotto di me, i gemiti con cui invocava mio nome si fecero più frequenti. Strinse il pugno tra i miei capelli, tirandomi il cuoio capelluto.

Era irrispettoso: nessun uomo me l'aveva mai fatto prima, e in parte lo odiai. Ma lo amai anche. Era così da Maxim, da tutto quello che era. Aggressivo, prepotente, sicuro di sé. Ne ero eccitata, più eccitata di quanto non fossi mai stata dando piacere a un uomo prima. *Molto di più.*

Mi occupai del suo cazzo come se volessi compiacerlo. Non sapevo se stavo cercando di dimostrare qualcosa o se avevo davvero bisogno di compiacere quell'uomo. Tutto quello che sapevo era che succhiavo così forte che mi faceva male la mascella e non mi fermai, neanche quando mi lacrimarono gli occhi per i colpi in gola.

«Cazzo, Sasha, *cazzo*» ringhiò. «Sto venendo.»

Non mi spostai. Ingoiai come una brava ragazza. Lo leccai e poi mi sedetti sulle sue cosce e mi asciugai la bocca, guardandolo mentre mi guardava.

«Zuccherino.» Cercò di raggiungermi, ma scesi dal letto e andai in bagno, lasciando ondeggiare i fianchi per mostrare il culo nudo. Chiusi la porta e iniziai a fare la doccia, con il cuore che batteva forte.

Merda. Ero così fuori di testa. Il mio corpo era così caldo e bisognoso. Non avevo mai desiderato così tanto fare sesso in vita mia. Una parte di me avrebbe voluto che Maxim mi tirasse giù accanto a lui e facesse di me tutto ciò che voleva.

Ma un'altra parte di me stava impazzendo.

Dando di matto.

E non sapevo nemmeno per cosa. Entrai nella doccia e mi lavai ovunque, come se il sapone e lo shampoo mi purificassero in qualche modo dall'ansia che mi corrodeva.

E fu allora che mi colpì l'epifania: non potevo farlo con Maxim.

Era troppo spaventoso. Perché se non mi avesse odiata, se avessi smesso di rifiutarmi di dormire con lui...

Allora saremmo diventati qualcos'altro. Saremmo stati come i miei genitori, il capo della bratva e la sua donna.

Ero sua moglie, non la sua amante, ma non era

diverso. Maxim era proprio come mio padre. E io? La vera me?

Temevo di divenir patetica quanto mia madre.

E se fossi stata bisognosa quanto lei? Lei, che aspettava che il suo uomo le concedesse briciole di attenzione. Che era pronta a esibirsi per lui, a compiacerlo, dal momento in cui varcava la soglia fino a quello in cui usciva. Il suo compito era quello di apparire bella, soddisfarlo a letto e obbedire ai suoi ordini.

Aveva interpretato il ruolo alla perfezione, e nonostante questo non le aveva lasciato un centesimo. L'aveva letteralmente ceduta al suo braccio destro, come se fosse stata un bene da tramandare.

Proprio come aveva ceduto me a Maxim.

Quindi non sarei stata come lei. Fine della storia. Non mi sarei innamorata di Maxim né mi sarei gettata ai suoi piedi aspettando le sue attenzioni. Avrei scoperto come vivere con lui senza perdermi d'animo.

Chiusi l'acqua e uscii dalla doccia per asciugarmi poi con calma. Non avevo voglia di aprire la porta e uscire dal bagno. Non sapevo se ero pronta a vedere Maxim, non ero sicura di aver temprato abbastanza il cuore. Tenni forte la maniglia e appoggiai la testa contro alla porta, con il cuore che batteva forte. Ma quando finalmente mi preparai e aprii, lo trovai addormentato. L'orgasmo doveva averlo rilassato di nuovo fino a portarlo al sonno.

In punta di piedi attraversai la stanza, indossai i vestiti da viaggio del giorno prima e raccolsi le mie cose. Sapevo bene di non poter fuggire lontano. Sapevo che mi avrebbe trovata immediatamente, che fosse questione di minuti o di ore. Ma dovevo fuggire.

Presi la borsa e aprii la porta.

«Un altro passo e ti faccio diventare viola il culo.»

CAPITOLO UNDICI

Maxim

SASHA SI BLOCCÒ sul posto alla minaccia, poi chiuse la porta.

Mi aveva fregato, cazzo.

Donne. Non ci si poteva fidare. Mentono e manipolano. Mi aveva appena fatto il pompino più eccitante della storia di tutti i pompini, e stupidamente avevo pensato che significasse che stavamo andando da qualche parte.

Ma no. Era stata tutta una manipolazione.

Al diavolo.

Mi sedetti sul letto e feci oscillare le gambe di lato. «Vieni qui.»

Lei alzò il mento. «Sto bene dove sono, grazie.»

Le mie labbra si contrassero, ma soffocai un sorriso. Non avrei dovuto essere divertito dalla sua paura. Solo che mi faceva rizzare il cazzo, e pensieri di elaborate punizioni piene di sesso mi galleggiavano nel cervello e mi calmavano i nervi.

Accarezzai il letto accanto a me. «Vieni qui, *sacharok*» la chiamai. «Non mordo» sorrisi. «Non te, comunque.»

La sua mascella si flesse, ma lasciò cadere il borsone e si avvicinò al letto come le avevo chiesto.

In fondo era una brava ragazza, ricordai a me stesso.

O forse no. Avevo interpretato la sua verginità in quel modo, ma forse rientrava anche quella nella manipolazione femminile. Non si era mai data a nessuno perché non era tipo da condividere. Usava i pompini per intrappolare nella sua rete uomini che non ottenevano mai il premio.

Digrignai i denti.

«Dove stavi andando?»

La sua espressione altezzosa da ragazza viziata si palesò mentre apriva la bocca, e io scattai, *«Non mentire, cazzo»* prima che dicesse una parola.

Chiuse di nuovo la bocca; i lineamenti le tremolavano di paura e vulnerabilità.

«La verità» insistetti. «O forse era la domanda sbagliata. Forse quella giusta è: perché te ne stavi andando?»

Sbatté le palpebre rapidamente, distogliendo lo sguardo. Le sue labbra carnose formarono un broncio, e scoprii che avrei voluto baciarle a morte, ricordando com'erano tese intorno al mio cazzo. «Avevo... avevo solo bisogno di un po' di spazio» ammise con un sospiro.

Ero combattuto tra irritazione e comprensione.

«Lo spazio è un lusso che nessuno di noi due ha in questo momento» dissi di scatto, e poi misi freno all'impazienza. «Ascoltami. Tuo padre è appena morto. C'è instabilità nell'organizzazione, grande instabilità. Hai ereditato la maggior parte della sua ricchezza. Immagino che ci siano dozzine di uomini che tramano su come metterci le mani proprio ora prima che le acque si calmino. Tuo padre ti ha legata a me per una serie di motivi. Primo, il matrimonio con me ti ha portata fuori dal Paese, il che rende molto più difficile tramare per ucciderti. Secondo, so come tenerti al sicuro. Molti a Mosca ricorderanno la mia reputazione.» Passai un dito sull'inchiostro sulle nocche: un segno per ogni uccisione.

Lei sedeva immobile; quelle labbra imbronciate che mi provocavano.

«Dima sta lavorando per rintracciare tutti coloro che entrano nel Paese dalla Russia e incrociarli con membri noti della cellula. Sta elaborando un programma apposito in questo momento, ma finché non sarà pronto e non vedremo come si muovono le cose a Mosca, ho bisogno di tenerti d'occhio in ogni momento. Mi dispiace, zuccherino. Non ne sono entusiasta nemmeno io.»

Abbassò lo sguardo e la percepii cedere.

«Vieni qui.» Le misi un braccio intorno alla vita e la trascinai a sedere sulle mie ginocchia. All'inizio si sedette rigida. Le presi la gamba e la spalancai, in modo che si trovasse all'esterno del mio ginocchio, e le passai leggermente i polpastrelli lungo l'interno coscia. Lei tremò, le natiche si tesero sul cazzo.

Indossava un altro dei suoi vestiti che fasciavano il corpo, non quello della sera prima. Era più casual, realizzato con un materiale per t-shirt morbido e color antracite. Le si arrotolò sulle cosce quando lo tirai su.

«Non so se mi stai punendo o vuoi essere punita, zuccherino, ma devi trovare un altro gioco. Questo è troppo pericoloso, *da?*»

Fece un respiro tremante. Le facevo effetto, questo lo sapevo. La sera precedente, nonostante la mossa molto audace e sfacciata di partire per Los Angeles, era nervosa quando mi ero presentato. L'avevo sentita tremare quando si era lanciata su di me sulla pista da ballo.

Continuai a solleticarle leggermente l'interno coscia,

facendo scorrere le dita su e giù, andando su un po' ogni volta.

«Dove stavi andando, Sasha?»

«Non sono pronta a lasciare Los Angeles» disse. Sentii forte il battito del suo cuore attraverso la sua schiena.

«Ah no?» Le accarezzai il collo, sfregando le labbra contro alla sua pelle. «Allora non dovevi far altro che chiedere di restare. Pensi che potrei negarti qualcosa dopo quel pompino che mi ha cambiato la vita?»

«Non dovrei essere costretta a chiedere» borbottò.

Prima che la mia rabbia si infiammasse, ricordai quant'era stata libera e felice la sera con le amiche. Era vero. Avrebbe dovuto uscire a vivere la sua vita come voleva. Trovare la propria gioia. «Non dovresti esserci costretta» concordai. «Ma questa non è la nostra realtà. Quando le cose si sistemeranno allenterò il guinzaglio, te lo prometto. Fino ad allora, collaborerai con me.»

Si dimenò sulle mie ginocchia.

«Possiamo restare un altro giorno.» Lasciai che il mio dito le accarezzasse il tassello delle mutandine e il suo ventre tremò. «Cosa vuoi fare mentre siamo qui?»

«Voglio rivedere le amiche.»

«Certo.»

«E andare in spiaggia. E fare shopping.»

Feci scivolare il dito sotto alle mutandine per sfiorare la pelle morbida. «Devo acquistare delle cose.» Usai un tono meditativo. «Cose di cui ho bisogno per la punizione. Strumenti con cui sculacciarti.» Strinse il culo sul mio grembo. «Cose da mettere nel tuo culo vergine. Un po' di lubrificante, così puoi accogliere il mio cazzo in profondità. Una corda con cui legarti.»

Mi sembrò di averla lasciata senza parole. Non ero nemmeno sicuro che stesse respirando.

«Ora girati e scusati come ieri sera.»

Lei non si mosse per un attimo. Poi girò la testa. Si alzò e ruotò, si mise a cavalcioni sul mio grembo. «Questo, dici?» C'era un ronzio nella sua voce, ma anche abbastanza vulnerabilità da impedirmi di infastidirmi dell'atto. Dopotutto, gliel'avevo chiesto io. Portò le labbra alle mie in un bacio molto dolce. Non timido ma neanche aggressivo. Quasi... innocente.

Sapevo che non era così innocente, ma all'improvviso mi chiesi se avesse rifiutato i suoi baci anche ad altri.

Molte persone che odiavano l'intimità facevano sesso senza baciarsi. Il mio compagno di suite, Pavel, per esempio.

La baciai anch'io, tenendole ferma la mascella per andare a fondo. Si dimenò sulle mie ginocchia. Le afferrai il culo con l'altra mano e tirai i suoi fianchi sui miei, cosicché il suo nucleo si strofinasse sul cazzo duro. Scosse il bacino, cavalcandomi.

Quando mi allontanai, sbatté le palpebre con gli occhi dilatati.

«È ora della punizione.»

Il suo sguardo era un misto di diffidenza ed eccitazione.

Mi portai la sua mano alle labbra e la baciai. «La farò breve» promisi. «E ci sarà una ricompensa per la resa.»

Le mie parole ebbero l'effetto opposto rispetto a quello voluto. Ora sembrava davvero insicura. Immaginai che l'orgoglio rendesse la resa meno attraente del dolore. Abbassai la testa e le morsi il seno attraverso il vestito. «Questo va tolto.» Le stavo già tirando via il vestito da sopra la testa mentre finivo di parlare.

Non oppose resistenza. Era ancora sulle mie ginocchia, leggermente imbronciata, leggermente sottomessa.

Molto sexy.

Poi, per la prima volta, capii.

Quella lì era *mia moglie*, cazzo. Il pacchetto completo, per quanto riguardava l'aspetto: benedetta da un corpo statuario, un viso da star del cinema e splendidi capelli ramati naturali. Avrebbe potuto farcela come attrice. Certo, il matrimonio le impediva di fare quella carriera.

Era piena di vita e vitalità, sfacciata da morire. Decisamente irrequieta.

Ma soprattutto, tutta mia.

Quella donna eccitante era mia.

Le pizzicai il seno attraverso il reggiseno mentre lo slacciavo. Si dondolava di nuovo sul mio cazzo nel piccolo perizoma. Le baciai la parte anteriore della spalla e poi la esortai ad alzarsi.

Feci perno e feci cadere un paio di cuscini al centro del letto. «Giù le mutande. Sdraiati sui cuscini.»

L'allarme le brillò negli occhi. «Che cosa hai intenzione di fare?»

Sinceramente non avevo ancora deciso, stavo improvvisando. Camminai per la stanza e vidi la mia cintura, che sembrava troppo sottile e leggera. C'era una di quelle bacchette di plastica appese alle tende, di quelle usate per aprirle e chiuderle. La staccai e me la schiaffai sulla mano. Bruciava. Avrebbe lasciato il segno.

Non si era ancora messa in posizione. Sospettai che fosse pronta a darmi un pugno sul naso e scappare se non le fosse piaciuta la risposta.

«Ti do tre colpi con questa canna. E poi ti scopo a morte.»

Il suo petto si sollevò con un respiro, smuovendo quelle splendide tette.

Mi avvicinai: seducente, non severo. Le portai i capelli indietro e la baciai nel punto in cui la spalla incontrava il collo. «Ti sei preservata per me» mormorai, con apprezzamento.

Fece un mezzo passo indietro. «Non per te.»

«Per me» insistetti. «Entrambi ci volevamo allora, ed entrambi abbiamo dovuto aspettare.»

Si avvicinò a me di qualche centimetro; negli occhi le tremolava la solita lussuria cauta. «Non ho detto che avrei fatto sesso con te.» Sembrava senza fiato.

Mi avvicinai così tanto che i suoi capezzoli mi toccarono il petto. La mia bocca aleggiò sulla sua. «Non ti costringerò.»

Il suo sguardo cercò il mio.

Lasciai che le mie labbra si inclinassero verso l'alto. «Ti punirò, però. Il cazzo è la ricompensa» Avevo lasciato che la mia mano le prendesse leggermente il culo.

Rabbrividì e portò le mani al mio petto come se volesse spingermi via, solo che non lo fece. «Sei rozzo.»

«Mi dispiace.»

«No che non ti dispiace.»

«A te dispiace?» Alzai un sopracciglio.

Scosse la testa lentamente.

«Mmm.»

Eravamo in una situazione di stallo. Non riuscivo a decidere se dar effettivamente seguito alla punizione senza una più chiara indicazione di consenso. Le altre volte, praticamente mi aveva chiesto lei di essere sculacciata.

«Arrenditi, Sasha» la convinsi.

Guardò lo strumento nella mia mano. «Solo tre?»

«Sarò delicato.»

Un altro brivido la percorse, e subito si arrampicò sul letto.

La soddisfazione mi fece rizzare il cazzo. Provai l'asta un paio di volte sulla mia coscia per valutare la giusta forza, poi la frustai una volta con essa.

Emise uno strillo — il più carino cazzo di strillo che

avessi mai sentito in vita mia. Ancora una volta, un'ondata di piacere mi pervase.

Lei era mia moglie.

Era mia.

Avrei potuto suscitare quegli strilli per il resto della vita, cazzo. Tutto quello che dovevo fare era convincerla che il matrimonio non era stata la cosa peggiore che le fosse successa.

Massaggiai il bruciore della prima striscia e le diedi una leggera sculacciata sul culo, e poi un'altra con quella specie di bastone.

Lei strillò di nuovo, strinse il culo, sollevò i talloni in aria.

Afferrai una caviglia e le accarezzai il polpaccio. «Ti sei tenuta i tacchi per me» mormorai con apprezzamento. «Che sexy, cazzo.»

Girò la testa indietro per guardarmi.

«Nuova regola. È così che verrai sempre punita: nuda tranne che per i tacchi.»

«Sei pazzo» disse, ma le sentii un sorriso nella voce.

«Sei eccitante. La mia moglie molto eccitante.» La segnai con l'ultima strisciata per farla finita, poi impastai e massaggiai via il bruciore. Salii sul letto dietro di lei per massaggiarla con entrambe le mani. «Brava ragazza. Sei pronta per la ricompensa?»

Non aspettai la risposta: le spalancai le gambe e le tirai indietro i fianchi per mettere la lingua sul suo sesso. Era già bagnata. Leccai e succhiai le labbra, la penetrai con la lingua, poi mi alzai per leccarle l'ano.

Emise lo strillo e il suo ano tremò, ma io la tenni ferma per darle piacere.

Dopo alcuni istanti, iniziò a gemere. Pochi altri, e stava gridando in russo. «Maxim... Maxim. Cosa fai? *Gospodi,* che bello...»

«Sei pronta per il cazzo, bellezza?»

Fui sorpreso quando rispose «Sì» senza esitazione.

La resa da sola bastava a farmi venire. Avrei voluto sbatterla senza preservativo, ma anche se sapevo di essere pulito e che lei era vergine, non sarebbe stato giusto. Sarà anche stata mia moglie, ma forse non voleva gravidanze.

Trovai un preservativo nel portafogli e me lo infilai. Quando tornai, prima la preparai di nuovo con la lingua.

«In ginocchio, dolcezza. Petto sui cuscini.»

Probabilmente ero un idiota. La prima volta di una donna avrebbe dovuto essere sulla schiena, con l'amante che la guardava negli occhi. Ma non eravamo quel tipo di coppia. Il contatto visivo avrebbe potrebbe essere una vulnerabilità eccessiva tra di noi. Rude e punitivo, così le piaceva. Proprio come volevo darglielo io.

Non avevamo un matrimonio da favola.

Non ancora, comunque.

Forse ci saremmo arrivati.

Con una moglie così bella, avrei dovuto impegnarmi per arrivarci. Ero il risolutore, dopotutto. Potevo risolvere qualsiasi cosa.

Anche una moglie che non mi voleva.

Si mise in posizione, dando ragione al mio istinto. Le strinsi il culo mentre allineavo il cazzo, le accarezzai l'ingresso con esso. Era stretta quando la notte l'avevo penetrata con il dito. Anche se era molto bagnata, sputai sulla mano e mi strofinai la saliva sul cazzo inguainato.

«Stai bene?» chiesi a bassa voce, anche se non l'avevo ancora penetrata.

«Fallo.»

Eccola, la mia ragazza. Non era mai stata tipo da usare mezzi termini. Applicai più pressione, dando una spinta all'ingresso con maggiore insistenza.

Si spinse indietro, inarcando il bel culo e presentandosi a me.

«Ecco, zuccherino.» Decisi che era meglio entrare in fretta, strappare il cerotto, come si suol dire. Le afferrai i fianchi e spinsi dentro. Percepii un po' di resistenza. Lei gridò. Mi allungai in avanti per accarezzarle il clitoride e muovermi dentro di lei. Solo un po', un centimetro indietro, un centimetro dentro. Solo per portarle un po' di piacere che contrastasse il dolore. Le accarezzai la schiena, le strinsi il culo.

«Sto bene» sussultò dopo un momento. «Va bene.»

Pompai ancora un po', andando piano e dolcemente, dandole il tempo di abituarsi alla mia lunghezza. Continuai a massaggiarle leggermente il clitoride con il polpastrello.

Lei mormorò il suo piacere e si portò le dita tra le gambe, premendo sulle mie.

«Ne hai bisogno lì?» chiesi, strofinando con più decisione. Allo stesso tempo, mi spinsi accidentalmente più a fondo, un colpo di lussuria che mi attraversò.

«Oh!» gridò lei. «Sì.»

«Sì qui?» Le strofinai il clitoride, «O sì, più forte?» Spinsi con più forza.

«Più forte» mormorò.

Oh, dannazione. Non volevo che se ne pentisse, ma il mio controllo stava già sfumando. Era così dannatamente stretta. Così calda.

E tutta mia.

Non riuscivo ancora a superare quella parte. Ogni volta che mi veniva tornava in mente, volevo farle ogni tipo di porcherie.

Le afferrai i fianchi con entrambe le mani e diedi alcuni colpi regolari. Poi cominciai a sbatterle il culo con i lombi, schiaffeggiando le nostre carni insieme, mandando le palle contro al clitoride.

«Sì!» sussultò.

«Allunga le ginocchia di più» ordinai.

Quando lo fece cambiò l'angolazione, così che potessi entrare ancora più in profondità dentro di lei. Gemetti. «È bellissimo, Sasha.»

«Di più» gridò. «Più forte.»

La stanza iniziò a girare. Il calore mi picchiò alla base della spina dorsale. Mi chinai sul suo busto, tenendomi con una mano per entrare più a fondo, con più forza. La scopai più forte. Più veloce. Il mio respiro si trasformò in un ansimare irregolare, o forse era il suo. Le cosce iniziarono a tremarmi per il bisogno di liberarmi.

Non era ancora venuta, quindi cercai di trattenermi. Le strofinai il clitoride velocemente con la mano libera.

«Più forte!» mi ordinò.

Il mio controllo sfumò. Una risatina cupa mi esplose dalla bocca mentre rinunciavo al suo piacere e correvo solo verso il mio traguardo. Coprii il suo corpo con il mio, scopando quel culo stupendo e arando in profondità, in profondità, ancora più a fondo finché le luci non mi danzarono davanti agli occhi e venni come un cazzo di treno ad alta velocità.

Quando mi ripresi, trovai i suoi capelli rossi raccolti nel mio pugno, la mia bocca sul suo collo.

Un po' inorridito, la girai sulla schiena.

∾

SASHA

.   .   .

AVEVO SEMPRE PENSATO che fare un pompino mi facesse sentire potente, ma non avevo idea di quanto fosse incredibile vederlo annullato mentre veniva dentro di me.

Non c'era da stupirsi che il sesso fosse potere, per le donne. Non c'era da stupirsi che fosse quella l'arma che brandivamo meglio. Perché Maxim si era trasformato in un animale poco prima di venire. Il personaggio figo e curato era quasi scomparso, per ridursi in nient'altro che un crudo desiderio maschile.

Ora, mentre mi fissava, c'era della preoccupazione incisa sul suo viso. Sapeva di aver perso il controllo: mi aveva tirato i capelli e mi aveva scopata così forte che non avrei camminato dritta. Era preoccupato per me, era chiaro.

Sorrisi, ricordando le sue parole. *Pensi che potrei negarti qualcosa dopo quel pompino che mi ha cambiato la vita?* E adesso? Ora che era venuto dentro di me? Beh, dentro un preservativo, ma comunque dentro di me. Se lo tolse velocemente senza distogliere gli occhi dal mio viso.

Rispondendo timidamente al mio sorriso, mi piazzò dei baci tra i seni. Succhiò un capezzolo mentre massaggiava l'altro seno. «Mi dispiace che tu non sia venuta, zuccherino. Adesso mi rifarò.»

Era dolce.

Mi piaceva che fosse dolce. Ma non volevo che mi piacesse. Volevo resistere al suo fascino. Perché mi ero già innamorata in passato di quell'uomo, e lui mi aveva schiacciata.

«Mi è piaciuto comunque» ammisi. «Non sono venuta perché…»

Alzò la testa per incontrare i miei occhi.

Sentii il viso diventare caldo. Feci spallucce. «Era tutto nuovo per me. Ero affascinata dal tuo orgasmo, e poi ho perso la mia occasione.» Non sapevo perché stessi rivelando così tanto. Forse perché mi stavo sciogliendo al calore della sua totale attenzione.

I suoi occhi lampeggiarono scuri. «Ci saranno tante occasioni. Dammi solo qualche minuto.» Succhiò l'altro capezzolo. Avvolsi le dita tra i suoi capelli godendomi le sensazioni tumultuose che stava creando. Non ero venuta, ma l'orgasmo non mi era mancato. Era comunque stato fantastico, sia la parte fisica sia quella chimica. Il mio umore era volato insieme al suo. Ero piena di un senso di benessere e piacere. Amore, anche. Non che io fossi innamorata –assolutamente no – parlo del sentimento generale dell'amore.

Mi baciò la pancia e mi allargò le cosce. Chiusi gli occhi mentre la sua lingua esplorava le mie pieghe.

«Mmm.» Piacere. Capivo perché le coppie stessero a letto tutto il giorno. Ora capivo come il buon sesso facesse credere alle persone di essere innamorate.

Era così che mia madre aveva tenuto in trappola mio padre per tanti anni. Anche se non abbastanza da fargli pensare a lei come a qualcosa di diverso da un oggetto fatto per servirlo e compiacerlo. Un oggetto da tramandare.

Maxim trovò il clitoride con le labbra e lo succhiò. Allo stesso tempo, affondò due dita dentro di me e iniziò ad accarezzarmi le pareti interne.

«*Gospodi!*» gridai, inarcandomi sul letto. Le sensazioni erano così intense. Così erotiche. Mi aggrappai alle coperte quando non mi diede tregua. Continuò a succhiare, continuò ad accarezzare.

«Maxim!» Scalciai.

Pompò le dita, urtando ogni volta la mia parete interna con i polpastrelli.

Gridai e gli tirai i capelli, freneticamente, e poi venni: un'esplosione breve e veloce.

Maxim alzò la bocca e mi strofinò il clitoride con il pollice.

Gli occhi mi girarono indietro nella testa. Un altro orgasmo breve ma potente mi attraversò, e le mie gambe sussultarono di nuovo. Poi un'altra scossa di assestamento.

Lo stomaco mi brontolò e Maxim ridacchiò. «È ora di colazione, bellezza.» Scese da me. «Ma prima ripuliamoci. Vieni qui.» Mi prese per mano e mi trascinò in bagno e sotto la doccia, dove mi trattò come una regina, insaponandomi dalla testa ai piedi, baciandomi e strofinandomi dappertutto.

Gli insaponai il cazzo, che diventò di nuovo duro all'istante, e poi mi inchiodò contro alla piastrella e mi scopò brutalmente, tirandolo fuori per venirmi sulla pancia. Quando uscimmo entrambi, le mie gambe non funzionavano e non ero sicura di saper ancora parlare.

Il telefono di Maxim squillò e lui uscì dal bagno, splendidamente nudo, gloriosamente tatuato.

«*Da.*» Rispose in russo. «Chi è stato?» Quindi, «*Bljad'.*» Terminò la chiamata e mi guardò attraverso la porta del bagno. «Vladimir è morto. La bratva di Mosca è nel caos. Devi localizzare tua madre.»

CAPITOLO DODICI

Sasha

LA RUDEZZA nella voce di Maxim mi fece accelerare il battito.

La mamma.

«Cosa intendi? È scomparsa?»

Maxim annuì mentre si infilava velocemente i vestiti. «Sì.»

Presi i miei e mi vestii anche io. «Pensi che sia stata uccisa?»

Maxim esitò, facendomi salire l'adrenalina, ma poi scosse la testa. «No. Se chi ha ucciso Vladimir l'avesse voluta morta, se ne sarebbe occupato in quel momento. Vale da viva, se sono interessati ai soldi.»

Ai soldi.

Il cuore mi batté più veloce. Ma quindi avrebbero dovuto uccidere me.

Era la prima volta dalla morte di mio padre, in realtà la prima volta in assoluto, che avevo davvero paura per la mia vita. Maxim aveva cercato di mettermi in guardia, ma vivevo da tutta la vita come una bratva reale con le guardie di sicurezza che mi alitavano sul collo. La minaccia di un pericolo reale non si era mai manifestata.

Le dita mi tremarono mentre componevo il numero della mamma.

Non parlavo né la sentivo da quando me ne ero andata. Erano passati solo pochi giorni, però mi venne in mente che avrei dovuto farmi sentire prima. Aveva appena perso mio padre, dopotutto. Ero troppo impegnata a essere incazzata e dispiaciuta per me stessa e per la mia situazione: non mi era rimasto spazio cerebrale per lei. Ero una figlia viziata di merda.

Rispose con tono sospettoso. Con un senso di colpa ancora più profondo, mi resi conto che non aveva nemmeno il nuovo numero statunitense.

«Mamma» sussultai in russo. «Tutto bene?»

«Dille di venire a Chicago dove posso proteggerla.» L'espressione di Maxim era cupa e seria. «Dalle il numero della tua carta di credito.» L'urgenza nella sua voce mi fece accelerare ulteriormente il battito. Come se avesse paura che le potesse accadere qualcosa.

Entrai in bagno per un po' di privacy, non perché stessi cercando di nascondergli qualcosa. Volevo solo essere in grado di concentrarmi su mia madre.

«Sasha, hai saputo?»

«Sì. Sei al sicuro?»

«Sono al sicuro, sì. Sono con Victor.»

Viktor, la sua guardia del corpo di sempre. Quello che, me n'ero appena accorta, provava dei sentimenti per lei. Grazie Dio. L'avrebbe protetta.

«Dove sei?»

«Non posso dirtelo. In un posto sicuro.»

«Cos'è successo? Cosa sta succedendo? Mamma…»

«È un colpo di stato. Viktor mi ha tirata fuori di lì in tempo. È in corso una lotta intestina per vedere chi salirà al potere.»

«Maxim dice che dovresti venire qui, dove può proteggerti. Posso caricare il biglietto sulla mia carta di credito.»

«Lo dice lui» disse seccamente mia madre.

Mi si rizzarono i peli sulle braccia. Mi si congelarono le dita. Abbassai la voce. «Cosa intendi?»

«Pensaci, Sasha. Ricordi il testamento di tuo padre?»

«Sì.» Vagamente. Ricordavo che i soldi non erano davvero miei perché erano andati a Maxim. E quelli di mia madre a Vladimir.

«Chi ottiene i pozzi petroliferi se muori?»

Cercai di ricordare la conversazione sul letto di morte di mio padre. «Vladimir?»

«Sì. Ma se è morto, vanno a me. Quindi, ovviamente, tuo marito ci vuole entrambe sotto la sua ala protettrice. Siamo galline dalle uova d'oro.»

La nausea mi pervase e mi si indebolirono le ginocchia. «Vuole proteggerti» insistetti. Ma improvvisamente non ne ero più tanto sicura. Quanto conoscevo davvero Maxim?

Per nulla.

«Viktor mi proteggerà. E il fatto che io resti nascosta garantisce anche la tua sicurezza. Andato Vladimir, le strade per i pozzi si sono ristrette. Non possiamo rendere facile né evidente a nessuno il sistema per prenderli. Capito, mia cara?»

«Sì.» Avevo freddo dappertutto.

«Bene. Questo è il tuo nuovo numero di telefono?»

«Sì.»

«Ti contatterò da un nuovo telefono. Stai attenta, tesoro. Gestisci bene tuo marito. Fallo innamorare: la cosa potrebbe tenerti in vita.»

Mi si riempirono gli occhi di lacrime. La mia vita significava davvero così poco?

Maxim non voleva uccidermi.

Aprii la porta del bagno e lo trovai in piedi alla finestra intento a scrivere messaggi. Non sembrava che stesse origliando.

Ancora tutta tremante, cercai sul suo viso un segnale di un qualche tipo. Mio marito mi voleva morta? Stava solo aspettando il momento giusto per beccare mia madre e adesso progettava di ucciderci entrambe?

Un brivido mi percorse la schiena.

No. La mamma era paranoica perché Vladimir era stato ucciso. Mica volevano per forza uccidere anche noi due.

«Sta bene?»

Annuii; la testa mi tremava leggermente sul collo. «Sì.»

«Sta venendo qui?»

«No. Dice che è al sicuro.»

«Ha protezione?»

«Sì.» Avevo il terrore di dire altro.

Maxim annuì. «Bene. Ha bisogno di soldi?»

«Non credo.»

Aspettai, ma finì così. Non mi fece pressioni né cercò di convincermi a portare mia madre qui. Sembrava che le avrebbe mandato dei soldi, se ne avesse avuto bisogno.

Venne verso di me e fece un cenno. «Vieni qui, zuccherino.» Non mi mossi, ma lui mi strinse comunque tra le braccia. «Sei al sicuro qui. Nessuno proverebbe a toccarti nel territorio di Ravil. Li distruggeremmo, cazzo. Ti garantisco che sei al sicuro.»

Potevano essere bugie. Non ero così stupida da bermi tutto quello che mi si diceva. Anzi: da adesso avrei analizzato ogni singola parola. Ma era comunque bello essere accudita da lui. Il suo calore mi riscaldava le membra gelate. La sua forza mi faceva sentire al sicuro.

Alzai il volto. «Chi ti ha chiamato?» Odiavo essere sospettosa, ma sarei stata stupida a non fare tutte le domande che mi venivano in mente.

«Ravil.»

«Sa chi ha ucciso Vladimir?»

«No, ma è stato usato del veleno, il che è... strano.»

«Come mai?»

«È da codardi. Uno in cerca di potere dovrebbe fare una mossa potente. Sparagli in mezzo agli occhi, tipo.»

Un brivido freddo mi pervase. «E se non si accaparrassero il potere?» La mia voce suonò tremante.

«Nessuno può toccarti, Sasha» disse immediatamente, indovinando correttamente i miei pensieri. «Ma dovremmo tornare a Chicago, dove ho dei rinforzi. Va bene?»

Annuii.

«Scusami.» Suonò sinceramente pieno di rimorso. «So che volevi restare. Ma preferisco andare sul sicuro finché le cose sono in subbuglio. Fino a quando non vediamo come la situazione si assesta a Mosca e Dima non avrà attivato il sistema di monitoraggio per avvisarci di chiunque entri nel Paese.» Mi scrutò in viso. «Vuoi fare un brunch con le amiche prima di partire? O una passeggiata sulla spiaggia?»

Non avrei voluto essere così trasparente, ma tornai tra le sue braccia per stringerlo, sollevata. Uno intenzionato a uccidere la propria moglie non si sarebbe preoccupato di portarla prima in spiaggia. Né a un brunch.

Fece una risatina sorpresa. Sapevo che l'abbraccio era fuori personaggio, nel mio caso. Tenevo le distanze dal giorno del matrimonio. Però... quel bastardo perverso se l'era meritato.

La mano gli scivolò sotto ai miei capelli per accarezzarmi la nuca, e mi spinse verso l'alto. Il bacio che mi diede sembrò significativo. Importante. Non era una presa in giro, non era un modo di rivendicarmi. Solido, ma non ruvido. Come se avessimo raggiunto un diverso livello della relazione.

Quando lo interruppe, chiese: «Spiaggia o brunch?»

Dato che ero io, battei le ciglia e sfidai la fortuna. «Entrambi?»

Il suo sorriso fu sia consapevole sia indulgente. «Va bene, zuccherino. Ma saremo su un aereo di ritorno a Chicago entro il tramonto.»

«Andiamo» cinguettai, felice che fosse vero. Mi avrebbe dato *qualsiasi cosa*, dopo del buon sesso.

Aveva ragione la mamma. Probabilmente gli avrebbe anche impedito di uccidermi, se quello era il piano.

Ma non potevo credere che lo fosse.

Era solo paranoica.

E mio padre si fidava di lui. Quella verità mi colpì per la prima volta. Maxim lo aveva detto fin dall'inizio, che mio padre l'aveva scelto perché avrebbe potuto proteggermi al meglio.

Incredibile. Pensavo avesse scelto Maxim per umiliarmi e punirmi. Ma ora che il pericolo era più vicino, il mio punto di vista stava cambiando. Forse mio padre aveva previsto l'omicidio, i giochi di potere e il caos che sarebbe seguito alla sua morte. Mandarmi fuori dal Paese era stato intelligente.

Se non mi aveva spinta tra le braccia di un assassino...

Ma non lo avrebbe mai fatto consapevolmente. E nonostante avesse mandato via Maxim, si fidava ancora di lui. E Maxim rispettava ancora il suo *pachan* abbastanza da accettarne la richiesta in punto di morte. O forse voleva solo i soldi.

Se solo lo avessi saputo per certo...

~

Maxim

SOLO KAYLA ERA libera per il brunch, ma sembrava comunque l'amica più intima di Sasha. La incontrammo in un bar sulla spiaggia di Santa Monica. Ero infastidito per la quantità di persone che avevamo intorno, ma avevo una pistola nascosta nella parte posteriore della cintura, con la camicia fuori dai pantaloni per coprirla. Non mi aspettavo problemi, non ancora comunque, ma non si sa mai.

C'era qualcosa di strano nella morte di Vladimir. Il fatto che l'assassino non si fosse annunciato apertamente per dire che avrebbe preso il controllo mi sembrava strano. Avevo bisogno di sapere cosa stava succedendo lì per stare al passo con eventuali minacce che potevano arrivare a Sasha.

Kayla si presentò ancora carina e allegra come la sera precedente. Gettò le braccia al collo di Sasha e poi al mio come se fossimo stati vecchi amici. Le baciai la guancia e scostai a entrambe le sedie, come un perfetto gentiluomo.

«Oh mio Dio, forse ho trovato un'agente» disse Kayla nel momento in cui ci sedemmo. «È specializzata in pubblicità, ma non importa. L'importante è iniziare.»

Sasha le afferrò la mano sul tavolino. «Oh mio Dio, dimmi tutto. Come l'hai trovata? Qual è l'accordo?»

Ascoltai a metà le donne tuffarsi in profondità nella storia di un incontro casuale dal parrucchiere che aveva portato alla telefonata della mattinata.

Fummo interrotti dalla cameriera e ordinammo. Chiesi

un Mimosa e il loro champagne migliore, e le donne si illuminarono.

«Quindi, se funziona, dovrò ringraziarti davvero.» Kayla sorrise a Sasha dopo che la cameriera se ne andò.

«Perché?» chiesi.

Kayla puntò i suoi grandi occhi azzurri su di me. Aveva un look proprio da *Buffy l'ammazzavampiri* — una piccola dinamo carina alla maniera tutta americana. «È stata Sasha a mandarmi da Monique, la parrucchiera. Era fuori dal mio budget, ma Sasha ha fiutato il meglio di Los Angeles, e quel posto è il luogo in cui accadono le cose. Cioè, mi è sembrato che Monique mi abbia praticamente fatto da agente con l'agente, sai. Ci ha presentate mentre eravamo lì sedute una accanto all'altra con le cartine tra i capelli.»

Sasha si spostò sulla sedia e guardò la sua manicure. «Beh, sono felice per te, ma sono anche... gelosissima, puttanella.»

Qualcosa mi si attorcigliò nel petto. Sasha aveva dei sogni. Forse avevo sperato il contrario, che la laurea in recitazione fosse solo una cosetta mentre si godeva il college. Probabilmente avrebbe potuto acquistare l'agenzia dell'agente e finanziarsi da sola i suoi film, ma dubitavo che sarebbe stato emozionante quanto il raggiungimento del sogno hollywoodiano. Farsi scoprire. Le audizioni. Aggiudicarsi una parte. In grande stile. Esperienze che non potevano essere comprate.

Ma non c'era problema irrisolvibile. Quello era il mio motto, e non mi aveva mai deluso. Quindi avrei dovuto inventarmi qualcosa. Qualcosa che illuminasse la mia sposa a Chicago.

I nostri drink arrivarono e alzai il flute di champagne in direzione di Kayla. «Alle nuove opportunità.»

«Per tutti noi» ribatté Kayla, e facemmo tintinnare i bicchieri.

Sasha mi lanciò un'occhiata. Lo faceva da quando avevamo lasciato l'hotel; per la giornata avevo assunto un autista. Se ne stava nella macchina nelle vicinanze con i nostri averi al sicuro.

Le presi la mano sotto il tavolo e la strinsi, e lei incontrò il mio sguardo con un'espressione sorprendentemente vulnerabile. Come se una parte di lei avesse voglia di sbattermi la porta in faccia e l'altra parte volesse tutto da me, più di quanto credesse che le avrei dato.

Mi sconvolse. Non perché non le avrei dato tutto ciò di cui aveva bisogno. Insomma, mica ci avevo pensato, ma probabilmente lo avrei fatto sul serio. Ero turbato perché riconoscevo quel senso caotico di caduta. Era lo stesso che provavo io.

In lei non l'avevo percepito fino a quel momento perché la caduta non era stata in discussione. Si trattava di un obbligo. Un dovere. Un lavoro. Non mi ero reso vulnerabile quando l'avevo sposata. Mi ero arricchito. Il mio cuore non era mai stato in gioco.

Ma dopo aver rotto il suo guscio, dopo che le cose erano diventate reali, era impossibile non preoccuparsi per lei. Oggi si era data a me. Non solo con il sesso. Non credevo che la verginità di una donna fosse chissà che dono epocale. Non credevo fosse cosa che Sasha avrebbe dovuto tenere da parte per suo marito. Però così aveva fatto. E io avevo avuto il privilegio di prenderla.

«Ma guardatevi, voi due... lì a farvi gli occhi dolci» disse Kayla.

Sasha staccò la sua mano dalla mia e prese il flute. «Già. Potrebbe non essere così male, la storia dei mariti.» Lo disse con leggerezza e Kayla rise, ma qualcosa si accese dentro di me.

Le feci l'occhiolino. Forse saremmo diventati più di un matrimonio combinato.

Kayla mi indicò e fece un'espressione severa. «Farai meglio a essere buono con lei» mi avvertì.

Piegai divertito le labbra. «Altrimenti?»

«Altrimenti ti prendo a calci in culo.»

Annuii e feci una croce sul cuore con le dita. «Con me è al sicuro. Prometto.»

~

Sasha

Maxim era dannatamente dolce con Kayla. Non avevo mai avuto un fidanzato prima, ma Kayla, Sheri e Ashley sì, e sapevo per esperienza che un ragazzo che si prestava pazientemente alle chiacchiere tra ragazze era insolito.

Maxim si comportò al meglio, però, affascinando Kayla senza essere civettuolo. Trattando il brunch come una continuazione della festa della sera precedente, con tanto di champagne e succo d'arancia. Ci lasciò indugiare per due ore prima di buttare finalmente i soldi sul tavolo e alzarsi.

Ero certa che avrebbe detto che dovevamo andare dritti all'aeroporto, ma dopo aver salutato Kayla intrecciò le dita con le mie. «Ti va una passeggiata sulla spiaggia?»

Deglutii e annuii, lanciando un'occhiata al suo bel viso.

Gospodi, non volevo innamorarmi di quell'uomo.

Non potevo farmi schiacciare di nuovo. Peggio ancora: avrebbe potuto volermi morta, anche se io non lo credevo.

«Passerella o sabbia?»

«Sabbia» sospirai. Vivere vicino alla spiaggia era una delle parti migliori della vita a Los Angeles. Il clima, l'oceano, la cultura erano diversissimi da Mosca. Lì avevo sempre finto di essere qualcos'altro. Una nativa californiana, consumata solo dal mio aspetto, dalla mia salute e dalla mia recitazione.

Scendemmo sulla sabbia e ci togliemmo le scarpe. Maxim si risvoltò i pantaloni. Le maniche della camicia erano già arrotolate sugli avambracci, così da regalare all'intero brunch il panorama dei suoi avambracci pieni di vene e dei tatuaggi incolori che vi spiccavano.

Prese entrambe le nostre scarpe in una mano e con l'altra intrecciò le dita con le mie. La spiaggia era rumorosa, brulicava di corpi perfetti e famiglie con bambini.

«Mi piaceva vivere qui» ammisi ad alta voce. Non sapevo perché glielo stavo dicendo. Né perché pensassi che potesse importargli.

Mi guardò. «Si vede.»

Il mio respiro si fermò, a quelle semplici parole. Come se stesse prestando attenzione. E se gli importasse davvero? O se gli stesse iniziando ad importare? Il solo pensiero mi fece battere forte il cuore e le mani diventarono appiccicose, come se fossi stata ancora adolescente.

«Vorrei esserti venuto a trovare allora.»

Guardai in su. Il vento gli scompigliava i capelli color sabbia. Si adattava al luogo, con le sue spalle larghe e il corpo ben tenuto. La costosa camicia button-down aperta sul colletto. Aveva solo bisogno di un'abbronzatura e dei riflessi sui capelli per sembrare un re californiano. «Veramente? Come mai?»

Un angolo delle sue labbra si sollevò per un momento, poi svanì rapidamente. «Scommetto che eri un bello spettacolo.»

Gli diedi un colpo con il fianco, interrompendo la passeggiata tranquilla quando dovette fare un passo di lato per riprendersi. «Che cosa significa?» chiesi con una risata. Ora interrogavo, non potevo farne a meno. Ero sempre stata affamata di attenzioni, e lì finalmente ne stavo ricevendo un po'.

«Mi è piaciuto vederti con le tue amiche.» Portò le nostre mani unite alle sue labbra e mi baciò le dita. «Devo vedere la vera te.»

Mi vergognai del sudore sulla mia mano. Del fortissimo battere del mio patetico cuore.

«Nemmeno io conosco la vera me» mi ritrovai a dire. Era la verità, anche se non sapevo da dove venisse.

«Quella era la vera te» disse Maxim, come sicurissimo. Come se avesse già visto nella mia anima spezzata. Con facilità.

«E come sono?»

«Divertente. Vivace. Festosa. Ma anche generosa. Siete buone amiche, si vede. Vi aiutate a vicenda. Volete il meglio l'una per l'altra.»

Pensai alla gelosia che provavo per la carriera di Kayla e sentii una fitta di colpa.

Come se mi leggesse nel pensiero, Maxim disse: «Vorresti essere ancora qui. Vivere con loro.»

Le parole furono inaspettate e suscitarono emozioni sepolte. Mi luccicarono e mi si bagnarono gli occhi. Sbattei le palpebre rapidamente, agitando i capelli nella brezza e fingendo che ci fosse entrata un po' di sabbia. «Stare qui non è mai stata un'opzione.» Mi si mozzò appena la voce. «Sapevo di essere in prestito per tutti e quattro gli anni in cui sono stata qui. Sono stata fortunata che Igor mi abbia permesso di venire.»

«Ti voleva bene» disse semplicemente Maxim.

Stavolta le lacrime calde e inaspettate arrivarono come un diluvio. Due mi rigarono il viso prima che potessi fermarle. «*Gospodi*» mormorai asciugandole con il dorso della mano libera. «Non lo so.»

«È così. Era un padre di merda per molti versi, ma tu eri la sua unica figlia, e lui ti voleva moltissimo bene.»

«Il suo modo di voler bene faceva schifo, allora» dissi amaramente, ma il senso di colpa mi riempì il petto. Non era del tutto vero. Avevo ricordi in cui lui mi portava in braccio quand'ero piccola. Mi lanciava in aria. Mi faceva ridere. Mi portava regali e dolci. Attendevo con impazienza le sue visite neanche fosse stato un maledetto Babbo Natale. Ma erano tutte cazzate. Avrebbe dovuto essere un padre, non un padrino magico che si presentava quando voleva per comprarsi il mio affetto. Vivevo delle sue attenzioni perché non le ricevevo abbastanza spesso.

Maxim alzò le spalle. «Sono sicuro che avrebbe potuto essere migliore. Ma sarebbe potuta andare anche peggio. Era quello che era. Mia madre era una fica bugiarda che mi ingannò lasciandomi solo in sua attesa per anni. Avrebbe dovuto fare di meglio, ma non lo fece. Igor mi ha dato di più, in confronto. Quindi aveva la mia lealtà.»

Fui inondata di freddo alle parole di Maxim. Ero onorata che mi avesse raccontato quel frammento del suo vero io. Del suo io spezzato. Sapevo che doveva esserci una ragione dietro a tutta quella lealtà a mio padre. Tutti sembravano avere una ragione.

«Tua madre ti ingannò?» chiesi piano.

Maxim guardò oltre me, verso l'oceano, mentre faceva passi brevi e i nostri piedi affondavano nella sabbia più morbida. «Quando mi portò in orfanotrofio, mi disse che sarebbe tornata. Di fare il bravo. E così aspettai. Aspettai per anni. Finché non divenni abbastanza intelligente da capire che mi aveva fregato. Essere rovinato dalle bugie delle donne sembra essere una costante per me.» Mi lanciò uno sguardo significativo e mi sprofondarono le viscere. Il mio corpo divenne caldo e freddo; avrei tanto voluto non avergli mai rovinato la vita.

«Perdonami…»

«*No*» mi interruppe con tono aspro. Come se mi avesse mostrato troppo e se ne fosse pentito.

Non osai parlare, anche se avevo il fiato bloccato nel petto, sospeso. Bisognoso di uscire di corsa.

Dopo un momento atroce, Maxim mi salvò proseguendo. «Scappai dall'orfanotrofio a quattordici anni e cercai di cavarmela da solo. Agii bene. Imparai a borseggiare e dormii in un edificio vuoto in cui avevo fatto irruzione.

Igor mi vide per strada. Aveva l'abitudine di reclutare lì i ragazzi sfortunati. Il quartier generale della bratva aveva letti caldi e cibo. Un sacco di soldi da spendere, se ci fossimo messi alla prova. Ogni membro aveva bisogno di un fattorino. Diavolo, adoravano addestrarci a loro immagine. Violento e spietato ma con delle regole.»

«Eri il fattorino di mio padre?»

Maxim annuì. «Imparai dal migliore.» Il suo sorriso era triste, come se non amasse l'uomo che era stato. O che forse era ancora. «Prestai attenzione. Ascoltavo e guardavo. Igor capì che ero intelligente quando iniziai a risolvere i problemi in cui erano finiti altri brigatisti. Così mi feci la nomea di risolutore. Ero troppo giovane per la leadership, quindi mi tenne al suo fianco come stratega. Mi mandava in giro a risolvere problemi quando questi sorgevano.»

«Gli sei grato.»

Annuì. «Gli sarò per sempre grato. La vita che mi ha dato è stata molto migliore di quella che avevo avuto. Non ero niente, e lui mi ha trasformato in un uomo potente.»

«E io ho rovinato tutto.»

«No.» Maxim si fermò per guardare l'oceano. «All'epoca lo pensavo, ma no.» Si girò a guardarmi, e ci volle tutto il mio coraggio per non tirarmi indietro. «Mi hai fatto un favore. La mia vita è dieci volte meglio qui che in

Russia. Ravil ha Chicago ai suoi piedi e condivide generosamente le ricchezze. Sono felice qui.»

Provai a deglutire, ma non vi riuscii. Volevo chiedergli di perdonarmi, ma le parole mi si bloccarono in gola.

«Lo sapevi? Che sapeva che non era vero?»

«No.» Maxim tolse la sua mano dalla mia, e registrai la perdita per un secondo finché non mi resi conto che era solo per togliermi i capelli dal viso. La pancia mi tremò quando le nocche mi toccarono con leggerezza. «Ma me lo chiedevo. Ecco spiegato perché sono vivo. Credevo che non ne fosse sicuro, e che quindi si trattenesse, limitandosi a cacciarmi dal Paese.» Mi mise una mano intorno alla gola: il pollice accarezzava leggermente la colonna del mio collo. «Ma lo sapeva per certo. E questa è, immagino io, la prova dell'affetto che provava per te.»

Mi stropicciai la fronte. «E come, esattamente?»

«Non ha sbugiardato le tue stronzate. Ti ha rispettata abbastanza da sbarazzarsi di me, dato che volevi che me ne andassi. E potrei sbagliarmi, ma credo che mi volesse molto bene. Ero il suo protetto. Fatto a sua immagine eccetera.»

Arrossii in volto. Avrei voluto ferirlo, ma in realtà non volevo che se ne andasse. Mio padre mi aveva tenuta quasi sempre lontana dalle persone e dagli affari, ma quando l'anno successivo ci aveva portate in vacanza e Maxim non c'era, avevo sentito acutamente il senso di perdita.

«Ero… ero stupida e dispettosa. Se ti avesse ucciso, non me lo sarei mai perdonato.»

Maxim mi sfiorò il labbro inferiore con il polpastrello del pollice. «Probabilmente anche Igor lo sapeva.»

«Penso che tu gli dia più credito di quanto non meriti.»

Scosse la testa. «No. Ho imparato, al suo fianco. Considerava ogni punto di vista prima di muoversi. Deve aver deciso che rimuovermi era la soluzione migliore per entrambi. Come aveva deciso che unirci ora avrebbe completato il cerchio.»

Qualcosa di enorme mi si agitò dentro. Non ero sicura di aver capito perché io e Maxim fossimo sposati. Se il matrimonio fosse una chiusura o un completamento. Sospettavo ancora che si trattasse di una punizione. Ma sentire l'altra possibilità fece saltare il tetto del mio pensiero attuale. Erano pensieri pericolosi, però.

Soprattutto dopo la conversazione avuta con la mamma.

Maxim mi toccò il naso come se mi stesse leggendo nel pensiero, con quella sua straordinaria abilità. «O forse dipende tutto dal suo malato senso dell'umorismo. Adesso starà sghignazzando nella tomba, alla faccia nostra.»

Misi le mani sui fianchi. «Non riesco a capire come la situazione possa essere così terribile per te.»

Le scarpe caddero sulla sabbia e lui mi cinse la vita con un braccio e mi tirò verso di sé.

«No, hai ragione» mormorò portando le labbra proprio sopra alle mie. «Al momento non mi sembra così male.» Sfiorò con le sue labbra le mie. I seni premettero contro alle sue costole e lo accarezzai con una mano sotto alla maglietta per sentire quegli addominali duri come la roccia che avevo visto prima. «Ho una moglie bollente e ricca.» Mi strinse il culo, tirandomi i fianchi contro di lui. «E magari anche pestifera, ma punirla è molto probabilmente il clou della mia vita.»

Il clou della sua vita.

Non poteva pensarlo sul serio.

Cioè… impossibile. Era ridicolo.

«Il clou della tua vita sessuale?»

Maxim sorrise. «Decisamente.» Mi mordicchiò il labbro inferiore.

Lo baciai, accarezzandogli la schiena con la mano

sotto la camicia. Quando trovai la pistola, sussultai e ritrassi la mano.

Maxim mi cullò la nuca e inclinò il viso per un vero bacio. La sua lingua scorse tra le mie labbra e le tirò, si riposizionò, mi baciò di nuovo. I miei capezzoli si indurirono sotto il reggiseno e persi il respiro.

Nonostante quanto fossi dolorante laggiù, mi ritrovai a desiderare altro sesso. Volevo provare tutto. Tutte le posizioni, tutti gli orgasmi. Le minacce di Maxim su strumenti e schiavitù.

«Peccato che abbiamo già fatto il check-out» sussurrai quando interruppe il bacio.

Aveva gli occhi scuri. «*Da*. Ma ti ho già sfinita, no?» Aveva un sorriso malvagio. Si chinò a prendere le scarpe. «Dovrò portarti a casa, per il nostro prossimo round.» Fece l'occhiolino. «Hai tutto il viaggio aereo per riprenderti.»

Lo spinsi via dolcemente. «Sei abbastanza sicuro di te stesso.»

Mi prese la mano e cambiò direzione, tornando lungo la spiaggia da dove eravamo venuti. «Oh, non dubito affatto che mi farai continuare a lavorare, *sacharok*. Essere docile non è nella tua natura, vero?»

Sorrisi, irrazionalmente felice che sembrasse festeggiare proprio la cosa che mio padre non sopportava di me. «No» confermai.

«Non c'è problema. So occuparmi di te.» Le parole erano leggermente offensive, ma il calore che vi era dietro mi portò a fluttuare.

La vera domanda era: io sapevo gestirlo?

E la mia paura più feroce era di non saperlo fare.

Di essermi spinta molto, ma molto oltre con quell'uomo.

Con mio marito.

CAPITOLO TREDICI

Maxim

PRENDEMMO un volo pomeridiano per Chicago; era sera quando scendemmo dal taxi per tornare al Cremlino. Ero decisamente allegro, lontanissimo dall'umore che avevo quando ero salito sull'aereo il giorno prima per inseguire la mia sposa in fuga.

Non ero così sciocco da credere di aver vinto, ma stava sicuramente diventando più docile. O forse ero abbastanza sciocco da crederci solo perché finalmente mi ero fatto una scopata. Sapevo che il sesso poteva trasformare gli uomini in idioti: Ravil ne era stato il primo esempio, quando una notte aveva rapito la sua donna incinta.

Prendemmo l'ascensore per l'attico, dove beccammo Oleg che usciva dalla porta con addosso la colonia di Nikolaj.

«Che fai?» chiesi. «Vai a sentire la tua ragazza suonare?»

Fece un cenno appena percettibile. Comunicare con lui era più un gioco di lettura della mente che altro.

«Quale ragazza? Dove suona?» Sasha toccò il braccio muscoloso di Oleg. «Oleg, hai una ragazza?»

Fu un tocco innocente, ma una parte primitiva di me si irritò vedendo le sue dita sulla pelle di un altro.

Le presi il polso per staccarla da Oleg e le girai il braccio dietro alla schiena. «Cosa ti avevo detto?» le mormorai all'orecchio. «Non toccare altri uomini, *sacharok*. Non vorrai mica che prenda a pugni sulla gola Oleg... penso che sappiamo tutti che sono io quello che perderebbe la battaglia.»

La risata di Sasha fu gutturale. Si dimenò contro alla presa, ma solo per scena. Le piaceva essere trattenuta, lo capivo bene.

Mi si gonfiò l'uccello al pensiero di tutte le porcherie che volevo farle.

Oleg ci guardò entrambi dubbioso. La diffidenza faceva parte del suo abituale stato, anche con noi, suoi compagni di suite e fratelli bratva.

Risposi a Sasha. «Oleg va a sentire una band locale ogni settimana. Ha una debole per la cantante.»

La mia festaiola si illuminò, e puntò su di me quegli scintillanti occhi azzurri. «Possiamo andarci?» Spostò il suo sguardo interrogativo su Oleg e poi di nuovo su di me.

I miei piani erano decisamente più legati a rinchiuderla di nuovo in camera mia senza farla mai uscire, ma era impossibile rifiutarle qualcosa dopo che mi aveva mostrato il suo lato dolce. L'estasi della mia nuova sposina avrebbe dovuto aspettare.

Guardai Oleg. «Va bene per te?» Oleg era inferiore di me di grado, ma era il nostro scagnozzo e poteva letteralmente schiacciare un uomo a mani nude. Non avevo alcuna intenzione di irritarlo quando c'entrava una donna.

Ci fissò per un momento, poi alzò le spalle muscolose.

«Va bene. Ci vediamo lì. Al Rue's Lounge?»

Annuì.

«Va bene se portiamo l'intera banda?»

Si allontanò.

Beh, non era un *no*.

Feci l'occhiolino a Sasha e mostrai la chiave magnetica della porta dell'attico.

«La nostra principessa è stata trovata!» esclamò Dima dalla postazione computer in soggiorno. Il gemello era seduto sul divano con Pavel; guardavano *The Boys*.

«Sì. Hai trovato il collare elettrico per impedirle di allontanarsi di nuovo?» scherzai.

Sasha si girò verso di me per assicurarsi che stessi scherzando, e io sorrisi.

«*Mudak.*» Mi colpì con il dorso della mano. «Vi va di andare a sentir suonare la ragazza di Oleg?»

Mi piaceva che Sasha stesse già facendo la coordinatrice sociale dei miei fratelli. Non era una mammoletta che aspettava che prendessi il comando. Quando era in una stanza, la dominava. Mi piaceva quel suo aspetto, ma avevo la sensazione che a volte mi sarebbe costato caro.

Come ogni volta che toccava innocentemente un altro.

«Sì, io sì.» Dima rispose per primo.

Pavel spense la televisione. «Sicuro.» Si alzò e Nikolaj lo seguì.

«E Ravil e Lucy?» chiesi.

«Penso che siano occupati.» Nikolaj agitò le sopracciglia e il resto di noi gemette.

«Già...» Guardai Sasha, chiedendomi di nuovo perché avevo acconsentito quando ormai avrei già potuto averla nuda nel mio letto.

«Datemi venti minuti» disse sfrecciando verso la mia, la nostra, suite.

Guardai i ragazzi prima di seguirla. «Fate trentacinque.»

Raggiunsi Sasha nel guardaroba, dove le strappai il vestito di dosso. «Oh! *Gospodi*, Maxim.» Si voltò verso di me, le mani sul mio petto, gli occhi spalancati per la sorpresa.

Era facile dimenticare che era innocente, ma ora l'innocenza gliela vedevo brillare oltre tutta quella spavalderia. C'era un tocco di stupore e nervosismo insieme all'eccitazione.

Le feci scorrere la mano sul culo; il medio tracciò il profilo del perizoma nella fessura. Le accarezzai il collo. «Ti voglio di nuovo, *ljubimaja*. Sei troppo dolorante?»

Invece di rispondere, si mise in ginocchio e mi sbottonò i pantaloni.

Fanculo. Ero uno stronzo perché sapevo che significava che era troppo dolorante, ma non ero in grado di impedire a quella bocca lussureggiante di avvolgermi di nuovo il cazzo. Lo tirò fuori e lo impugnò alla base, prendendomi in profondità nella bocca.

Strinsi le dita tra i suoi capelli, poi li separai e invece le massaggiai la nuca. «Due volte in un giorno. Mi fai sentire un cazzo di re.» La mia voce suonò due ottave più profonda del solito.

Lo sguardo blu di Sasha si avvicinò al mio. Sapeva di essere bravissima a fare pompini, lo si capiva dal bagliore di gloria che aveva negli occhi.

Le raccolsi i capelli in una coda di cavallo per avere un panorama completo del suo viso. «Che dolce... che bello, cazzo.» La testa mi ricadde all'indietro. Stavo balbettando, arrendendomi alle deliziose sensazioni della sua lingua che vorticava sotto il cazzo, le sue guance che si scavavano per succhiarmi forte. «Non durerò a lungo, *ljubimaja*.» Non sapevo quando era diventata il mio amore. Un minuto prima era una spina nel fianco, ora stava diventando tutto il mio mondo.

Le cosce iniziarono a tremarmi. Non riuscii a trattenermi: iniziai a comandare, tirando la sua bocca su di me più velocemente, spingendo nella sua gola. Chiusi gli occhi, lasciando che la pressione aumentasse, il piacere si intensificasse.

«Cazzo, Sasha» imprecai. «Sto venendo.»

Come l'ultima volta, non si spostò; invece succhiò più forte e più velocemente. Gridai e venni e lei lo prese, ingoiandolo tutto prima di spostarsi con un sorrisino impertinente.

Chiusi la cerniera e la tirai su per baciarla forte, facendola camminare all'indietro finché il suo culo non colpì il muro. «Vuoi la mia bocca su di te adesso, dolcezza?»

Vidi fame e bisogno sul suo viso, ma scosse la testa. «Stavolta passo.»

Le accarezzai il collo e infilai la mano in una delle coppe del reggiseno. «Scusa se sono stato troppo duro con te stamattina.»

«Sei stato perfetto» mormorò.

Le alzai il mento per baciarla di nuovo. Avrei voluto consumarla. Possederla così pienamente da non permetterle di sfuggirmi mai. Farla innamorare.

Dannazione. Era così, giusto? Volevo che mia moglie si innamorasse di me.

Come cazzo era successo? E quando?

«Dai. Non voglio perdermi la performance della ragazza di Oleg.» Sasha mi spinse dolcemente sul petto. Rubai un altro bacio prima di liberarla.

«La canzone» la corressi perché la donna che gli piaceva era la cantante della band. «Non è la sua ragazza. Solo una che gli piace. Magari puoi aiutarlo a farsi dare il suo numero. Pareva pronto a colpirmi in faccia quando ho provato a parlarle per conto suo.»

«Ooh, sarà divertente.» Sasha frugò tra le valigie, e tirò fuori un paio di jeans attillati e un bel bustino. Un paio di tacchi alti completarono l'outfit.

Mi cambiai la maglietta e la guardai svolazzare per la stanza e il bagno mentre si preparava. Non sapevo perché fossi così affascinato da ogni sua mossa. La rapida applicazione del trucco. Lo spazzolare dei folti capelli. L'applicazione di profumo sui polsi e sulla gola. Le presi il polso e me lo portai al naso. Non era niente di stucchevole, non aveva l'odore di profumo chimico che mi avrebbe fatto venire voglia di fare la doccia dopo un abbraccio. Era un caldo profumo di agrumi che mi faceva venir voglia di mangiarla.

«Pronta?»

«Sono nata pronta.» Mi lanciò quel sorriso impertinente e io le misi l'avambraccio sotto al culo, sollevandola per metterla a cavalcioni. Gridò mentre la portavo fuori dalla porta della camera fin nella suite, dove ci aspettavano Dima, Nikolaj e Pavel.

Dima inarcò un sopracciglio. «Ho vinto.»

«Hai vinto cosa?» Rimisi a terra Sasha e le passai un braccio intorno alla vita.

«La scommessa. Non pensavano che avresti, ehm, convinto Sasha a restare in meno tempo di quanto ci è voluto a Ravil per impedire a Lucy di scappare.»

«Adesso vi beccate tutti un pugno in gola» avvertii, trascinando Sasha oltre quegli stronzi, fuori dalla porta. «Ignorali» le dissi. «Sappiamo entrambi che non ho ancora vinto nulla.»

CAPITOLO QUATTORDICI

Sasha

I<small>L</small> R<small>UE'S</small> L<small>OUNGE</small> era un bar hipster sgangherato ma molto cool. Si trovava nel seminterrato di una zona più industriale della città. La band non aveva iniziato, ma Oleg aveva puntato il tavolino più vicino al palco, dove sedeva con una pinta di birra artigianale davanti.

«Ehi, come va?» Gli toccai la spalla, prima di ricordare con un sorriso che a Maxim non piaceva.

Ero irrazionalmente compiaciuta della sua istintiva possessività. Soprattutto perché non mi faceva sentire una puttana, ma desiderabile. *Molto* desiderabile.

Occupai la sedia libera accanto a Oleg mentre Maxim e gli altri tre ragazzi ne recuperarono da altri tavoli per disporle intorno al nostro. Una cameriera arrivò prontamente e facemmo tutti un giro della birra locale alla spina. Mentre ci sedevamo, il posto iniziava a riempirsi.

Mi sporsi in avanti, godendomelo tutto. A differenza

degli uomini di mio padre, questi ragazzi erano amichevoli. Ero la moglie del loro coinquilino, non la figlia del capo. C'era un'atmosfera completamente diversa qui. Sembravano esserci un senso dell'umorismo e un affetto sereno l'uno per l'altra, come se fossimo nella sitcom *Friends* o qualcosa del genere. «Allora, qual è la storia di Lucy e Ravil?»

Nikolaj e Pavel gemettero e si sedettero. Oleg distolse a malapena gli occhi dal palco vuoto. Come un cane che aspettava alla porta che il suo padrone si palesasse prima ancora che l'auto entrasse nel garage. Dima guardò Maxim affinché raccontasse.

«Ravil conobbe Lucy a degli incontri di una sera lo scorso San Valentino. In un club sadomaso di Washington, DC dove vigeva l'anonimato: nessun nome, nessun numero di telefono. Passiamo veloci a questo mese: Ravil assume un avvocato difensore di spicco per uno dei nostri. Quando si presenta nel suo ufficio, trova Lucy incinta di suo figlio.»

Mi battei la mano sulla bocca. «No!» Avrei voluto anche sapere molto di più sul club sadomaso, ma non volevo interrompere la storia.

«Quindi Ravil va fuori di testa. Di solito è equilibrato come pochi. Insomma, in quanto risolutore della cellula, non devo quasi mai risolvere nulla.» Maxim allargò le mani. «Più della metà dell'operazione è legittima. La forza viene impiegata solo quando è necessario.»

«Quindi cos'è successo?» Ero impaziente di sentire la storia d'amore. Sembrava meglio di una fiction.

Maxim alzò le spalle. «Quindi la rapisce.»

«Che cosa?»

«Sì. Era profondamente offeso dal fatto che non glielo avesse detto. L'aveva presa davvero sul personale. L'ha spostata nella sua suite e ha messo Oleg alla sua porta, quindi non poteva andarsene. Le ha detto che doveva lavorare da remoto fino alla nascita del bambino.»

Scossi la testa lentamente. «Non è giusto.» All'improvviso Ravil non mi piaceva più molto.

«Non scherzo. Ed è mio compito assicurarmi che merdate come questa non ci esplodano in faccia, giusto? Quindi l'ho guardata da tutte le angolazioni, e mi è venuta in mente una soluzione.»

Alzai le sopracciglia. «Quale?»

«Farla innamorare. Era chiaro che lui lo fosse già di brutto. Altrimenti non ne sarebbe rimasto ferito. Quindi quella era l'unica soluzione. L'amore.»

Mi appoggiai alla sedia, sollevata per Lucy. Più che un po' impressionata da Maxim.

Era la soluzione che aveva in serbo anche per noi? Avrei voluto chiederglielo, ma l'orgoglio non me lo permetteva.

«E ha funzionato» conclusi per lui.

«Abbiamo rischiato di no. Ma sì. Grazie, cazzo.»

La band uscì e guardai il corpo di Oleg reagire. Non si mosse, ma gli vidi i muscoli irrigidirsi, e l'intensità dello sguardo rivolta all'unica donna della band era quasi spaventosa.

Era una bellezza punk gotica. Come una Blondie dei giorni nostri, aveva un caschetto platino con frangia e uno spesso eyeliner nero. Il naso era forato e aveva una struttura ossea perfetta, uno di quei volti a forma di cuore che l'avrebbero resa bella come una modella fino a tarda età. Indossava una microgonna con calze a rete e sotto Doctor Martens. Il top era corto all'ombelico, nello stile di Madonna dei primi tempi, con una scollatura strappata perché pendesse aperta su una spalla. Stava ostentando il mood rock and roll da cattiva ragazza, e in un certo senso le volli subito bene.

Insomma, se Oleg non ne fosse stato ossessionato probabilmente non l'avrei guardata due volte. Non era per niente come me né come le mie solite amiche. Ma la sua ossessione mi incuriosiva. Prese il microfono.

Il posto si era riempito da quando eravamo arrivati: un frastuono di risate e chiacchiere ora rendeva necessario alzare la voce per farsi sentire. La folla era adatta alla band —un po' grunge-punk — e sembravano conoscersi tutti. Come se Oleg non fosse l'unico a venirla ad ascoltare regolarmente.

«Ciao a tutti. Grazie per essere venuti» disse. «Io sono Story e noi siamo gli Storytellers.»

Anche se stava parlando al microfono, le persone non si fermarono ad ascoltare. Ma era così che funzionava in un bar. Non era un concerto in cui i musicisti ottenevano l'attenzione assoluta del pubblico. Lì facevano da sfondo.

Le folte sopracciglia di Oleg si abbassarono come volendoli fare tutti a pezzi.

Diede una gomitata a Nikolaj e mise le dita ad anello alle labbra. Nikolaj imitò il gesto ed emise un forte fischio che attirò l'attenzione della gente.

«Ehi, grazie» disse Story, sorridendo nella nostra direzione. Il suo sguardo si spostò e tornò su Oleg, cui sembrò rivolgere un sorriso speciale e segreto. «E grazie a Rue per averci ospitati di nuovo stasera. Questo è il posto in cui preferiamo esibirci.» Salutò, e una donna con piercing pesanti e una cresta blu dietro al bancone salutò in risposta.

«La prima canzone che canteremo si chiama Let's Go.» La band si lanciò in una canzone ottimista ben provata. Il testo era intelligente. I ganci perfetti. Non conoscevo molto dell'industria musicale, ma ero sorpresa che quei ragazzi non fossero andati oltre Chicago. Erano grandi.

Rimanemmo seduti a guardarli. Non osai tentare altre conversazioni con Oleg. Era chiaramente venuto per la band, e non volevo essere scortese. Osservai invece la band, Oleg, gli altri ragazzi al nostro tavolino. Maxim guardava me.

Mi avvicinai e gli baciai la mascella. «È divertente.»

Mi trascinò via dalla sedia e mi mise in grembo. «*Tu* sei divertente.» Mi sistemai nel suo abbraccio. Sembrò facile e naturale e, allo stesso tempo, elettrizzante.

La canzone successiva era più lenta, e Story si avvicinò al bordo del palco per cantare. Come me, era a suo agio con le attenzioni. Non si trattava solo della musica, ma dell'interazione con il pubblico. Si impegnava a creare connessioni, guardando le persone negli occhi quando cantava, rendendo il suo viso espressivo in accompagnamento alle parole.

Si capiva bene perché Oleg si fosse innamorato di quel personaggio. Dubitavo che lei avesse qualche interesse per lui, però. Probabilmente così sembrava solo per il modo in cui si esibiva.

Assorbii canzone dopo canzone, godendomi l'intera scena.

Alla fine del secondo tempo, una folla di ubriachi tutti stipati ballava nella piccola area di fronte al palco. Eravamo da un lato, fortunati ad avere posto appena fuori dalla pista ma comunque accanto al palco. La band intonò quello che sembrava essere il loro grande, divertente successo. Il finale della serata. Il pubblico esultava, chiaramente a suo agio. Story saltellava sul bordo del palco vicino a noi, cantando a squarciagola. Scese i gradini e si unì ai ballerini in pista.

La schiena di Oleg si irrigidì, le mani forti si chiusero in pugno come un buttafuori pronto a scacciare chiunque l'avesse toccata.

Era lei a toccarli, però. Si misero in fila dietro di lei e girarono per la sala, cantando ad alta voce in un folle trenino. «Avanti.» Saltai in piedi per unirmi.

Maxim mi fece un sorriso indulgente e si alzò lentamente dalla sedia, proteggendomi la schiena mentre mi univo all'ilarità generale. Story serpeggiava intorno al gruppo. Invece di tornare sul palco, si mise in piedi sulla mia sedia vuota e poi al centro del nostro tavolo. La folla esultò.

Si teneva ferma con una mano sulla spalla di Oleg. Nel momento in cui lei lo toccò, la sua mano schizzò fuori per tenerle la vita. Lei avvolse una gamba su una delle sue spalle larghe, mettendoglisi a cavalcioni.

La folla esultò — forse per l'audacia dimostrata nello scalare il pubblico come a un parco giochi.

Il gomito di Oleg si piegò verso l'alto per tenerla ferma con la mano aperta sulla parte bassa della schiena. Quando si alzò lentamente, ci furono altre urla e altri applausi e alcuni membri della folla, ubriachissimi, iniziarono a arrampicarsi l'uno sulle spalle dell'altro come se stessero per fare una battaglia delle torri. Oleg portò la sua regina al centro della pista da ballo, dove il suo alveare le brulicò intorno mentre quella si vantava della posizione regale in cui l'aveva messa.

La band proseguì con tre bis prima che Oleg la deponesse delicatamente in piedi sul palco, e l'intero posto si scatenò in un tifo per lui, per la band e soprattutto per Story, l'accattivante cantante.

«*Gospodi!*» gridai a Maxim. «Ma è sempre così?»

Maxim e i coinquilini si scambiavano occhiate sconcertate. «Non avevo mai visto prima roba del genere.»

Oleg tornò indietro e si sedette, con espressione impassibile ma un visibile rossore sotto la barba.

I ragazzi alzarono i pugni per esultare ma lui li ignorò,

incrociando le braccia al petto per continuare a guardare la sua ossessione. Che era senza fiato, rideva e ringraziava la folla. Che prometteva di tornare alla stessa ora la settimana successiva.

Story e i membri della band si inchinarono e salutarono e poi iniziarono a impacchettare l'attrezzatura; dovevano essere troppo poco conosciuti ancora per avere gli addetti al suono.

Le luci fluorescenti in alto si accesero. «Ultima chiamata!» gridò Rue da dietro il bancone.

Maxim ordinò un altro giro per tutti, riportandomi sulle sue ginocchia.

Quando Story scese dal palco, aveva un intero gruppo di persone in attesa di avvicinarsi a lei, ma visto come ero fatta mi alzai e le feci un piccolo saluto come se ci conoscessimo.

Incrociò il mio sguardo e sorrise.

«Sta arrivando!» dissi a Oleg.

Per un secondo pensai che sarebbe scappato. Si fece avanti per alzarsi, ma Dima e Nikolaj gli piazzarono una mano sulle spalle e lo trattennero. «Stai calmo» gli disse Nikolaj.

Story arrivò. Il suo sorriso era curioso, come se non fosse sicura di conoscerci né di cosa le avrei detto.

«Ehi, grande spettacolo» le dissi allungando la mano. «Piacere, Sasha.» La strinse. «Sei stata fenomenale. Dovevo assolutamente venire a sentirvi, perché so che il mio amico Oleg pensa grandi cose di voi.» Indicai Oleg.

«*Oleg*» ripeté, come interessata al nome. Gli tese la mano.

Lui si alzò dal tavolino, e stavolta i gemelli lo lasciarono fare. Le strinse la mano nella sua, apparentemente con tutte le intenzioni di non lasciarla più andare.

«Non ci siamo mai presentati formalmente.»

«È muto, ma non sordo» le spiegai, perché ovviamente stava aspettando che lui dicesse qualcosa. «Adora la tua musica. La adoriamo tutti quanti» mi corressi, indicando il resto dei ragazzi, che alzarono le mani in segno di saluto.

«Di dove sei?» chiese lei.

Il mio accento era più forte, quando avevo bevuto. «Russia.»

«Tutti?» Stava guardando Oleg, che non le aveva ancora lasciato la mano.

«Sì.»

«Possiamo offrirti da bere?» chiese Maxim, in piedi accanto a me. Quando Oleg si accigliò, Maxim si scusò: «Oleg è sempre disponibile per un drink dopo lo spettacolo. In qualsiasi momento.»

«Stasera non posso, ma forse la prossima volta.» Tolse la mano dalla presa di Oleg. «Grazie per avermi permesso di giocare con te stasera. Sei stato gentile.»

«È stato un piacere per lui» aggiunse Maxim dopo la pausa imbarazzante, quando si era resa conto che non poteva rispondere.

Quando se ne fu andata Oleg sprofondò sulla sedia, guardando torvo il tavolo.

«A noi non puoi ucciderci, perché è stata Sasha» disse Maxim facendomi l'occhiolino. «La mia brillante moglie.»

La sua brillante moglie.

Mi scaldai al bagliore di quattro parole che mai avrei immaginato di sentir uscire dalle labbra di Maxim. A cavalcioni del suo grembo, lo baciai. Era stato divertente. Provavo un senso di appartenenza, come se fosse tutto facile e leggero, come ai tempi del college.

Forse Maxim aveva ragione.

Forse mio padre mi aveva scelto un marito che credeva potesse rendermi felice.

Nah, gli stava assegnando troppo credito. Però sembrava che il suo stupido piano non fosse in fondo il peggio che mi sarebbe potuto capitare.

CAPITOLO QUINDICI

Maxim

IL GIORNO dopo Ravil venne a cercarmi quando Sasha era nella nostra camera da letto.

In tutta il glorioso attico non avevamo spazi adibiti a ufficio. Era per quello che Dima era sistemato in soggiorno. Ravil aveva installato una scrivania nella sua suite per far lavorare Lucy, ma anche la sua era in soggiorno. In passato aveva funzionato. Facevamo tutti la stessa attività. Nessuno aveva bisogno di privacy per condurre gli affari. Ora che avevamo delle donne a vivere con noi, sospettavo che fosse necessario un cambiamento.

C'erano molti spazi per uffici e sale riunioni ai piani inferiori del Cremlino, quindi avremmo potuto creare una business suite separata.

«Notizie di Galina?»

«Sasha le ha parlato. Sta bene, sta solo volando basso. È con Victor.»

«Victor chi?» Ravil sembrava sospettoso.

Feci spallucce. «È solo un brigadiere. Penso che facesse da guardia del corpo a Galina e Sasha. Chissà, forse erano amanti.»

«Ah.»

«Come stanno andando le cose a Mosca?»

«Leonid Kuznecov e Ivan Lebedev rivendicano entrambi il potere. Resta da vedere se divideranno le cellule di Igor o se uno ucciderà l'altro.»

«Mmm. Io punto su Kuznec, e tu?» Ricordavo il *pachan* della cellula, Leonid Kuznecov. Era intelligente e spietato. Un po' troppo avido, un po' troppo orgoglioso, ma sarebbe stato un leader decente.

«Anch'io, sì. Chiede il nostro sostegno.»

«Glielo hai dato?»

«Sì. Preferisco trattare con lui che con Lebedev. Quell'uomo è irragionevole.»

«Concordo. Non sembra che Sasha o Galina avessero a che fare questo colpo di stato? Hai sentito qualcosa?»

«Sembra che a nessuno importi. A parte la chiamata iniziale, quando ho sentito che Galina era scomparsa, nessuno l'ha più menzionata. No, non credo c'entrino.»

Espirai il fiato che trattenevo da quando Ravil aveva chiamato in California quella volta con la notizia. «Grazie, cazzo.»

«Già.» Ravil mi studiò. «Sta diventando più disponibile?»

Ricordai l'immagine della mia bellissima sposa sulla schiena della mattina, le gambe sulle mie spalle, mentre gemeva il mio nome. «Sembra che andiamo d'accordo.»

Le labbra di Ravil si contrassero. «Bene. È meglio per tutti.»

«Dillo a me...» dissi seccamente. Per un po' il matrimonio con Sasha era sembrato una condanna al carcere. Sapevo che lei si era sentita allo stesso modo. «La tengo costantemente sotto controllo finché Dima non avrà elaborato una sorta di sistema di allarme per farci sapere se un membro della bratva mette piede nel Paese. Anche senza Sasha nel quadro generale, sarà un buon approccio da usare.»

«Sì. Proprio non ci serve che Ivan ci mandi qualcuno per installare la sua squadra al posto nostro. Ho già aumentato la sicurezza dell'edificio, dall'uccisione di Vladimir.»

Annuii, non sorpreso. Ravil era un uomo intelligente.

«Sasha proverà a scappare di nuovo?»

Avrebbe potuto. Non ero tanto stupido da pensare di averla addomesticata né che si fidasse di me. Sembrava che andassimo d'accordo, ma sapevo in prima persona che poteva cambiare idea in un attimo. Tuttavia, quando scappava non andava lontano, e sapeva che l'avrei seguita. In altre parole, non scappava sul serio: mi stava solo facendo faticare.

«Posso gestirla.»

La porta della camera da letto si aprì e Sasha uscì con addosso i pantaloncini da corsa. «Vado a correre.» Aveva la stessa aria altezzosa di quando l'avevo riportata indietro la prima volta.

«Non da sola, proprio no.»

Mi ignorò e andò alla porta. «Meglio che ti sbrighi, allora.»

Fanculo. Ero già vestito da corsa, perché avevo anticipato il suo desiderio, ma mi affrettai a prendere la chiave magnetica e il portafoglio. La raggiunsi nel corridoio fuori dall'attico, avvolgendole un braccio intorno alla vita per trascinarla di nuovo verso di me. «Ehi. Ehi. Che problema c'è?»

Quando oppose resistenza, la inchiodai al muro e le immobilizzo i polsi accanto alla testa. «*Cachapok*. Cos'è successo?» Cercai di guardarla in faccia, ma lei mi vedeva attraverso. Appoggiai il viso sul suo collo e annusai. «Perché mi fai faticare? Cos'ho fatto di sbagliato?»

Il suo respiro raschiò tra di noi per un momento. «Cosa stavi dicendo di me?» C'era un tono di accusa nella sua voce.

Oh, cazzo. Riavvolsi, cercando di ricordare cos'avevo detto a Ravil. Quello che aveva sentito.

Le tenni saldamente i polsi e la immobilizzai con il mio sguardo più diretto. «Non ti stavo mancando di rispetto, lo giuro sulla tomba di tuo padre.»

Fece un verso sarcastico e iniziò a distogliere lo sguardo, che però tornò al mio. Non era sicura. Non sapevo cosa l'avesse resa così dannatamente insicura. Mezz'ora prima eravamo nella beatitudine postcoitale, lei contro il mio fianco che faceva le fusa. Ma capivo. A nessuno piace essere l'oggetto di una conversazione. Probabilmente la cosa aveva perpetuato in lei la sensazione di non essere responsabile della propria vita.

«Ravil ha chiesto se avresti continuato a scappare. Ho detto che sapevo occuparmi di te. Scusami. Non volevo rovinare tutto. Ho ferito i tuoi sentimenti?»

Le stampai un bacio sulla tempia, sulla guancia. Sul naso.

«E com'è che hai intenzione di gestirmi?» chiese imbronciata. Malgrado l'espressione, si capiva bene che le barriere che aveva alzato stavano cadendo.

«Ehi.» Mi spostai davanti a lei quando distolse lo sguardo. «Scusami. Non intendevo dire altro che se scappi ti inseguo. Lo sai già, vero, *ljubimaja*?»

«Perché te lo chiedeva?»

Strinsi gli occhi. «Che problema c'è?»

«Non cambiare discorso. Voglio sapere perché stavate discutendo di me.»

Le lasciai i polsi e mi raddrizzai, rendendomi conto che c'era qualcosa di più grave che non andava. Era sinceramente preoccupata per qualcosa.

«Ravil è il mio *pachan*. Stavamo discutendo di affari. Adesso fai parte della nostra attività. Se qualcuno ti dà la caccia, la cellula di Ravil, la mia cellula, dovrà occuparsene. Tutto qui.»

Deglutì e annuì, ma non ero sicuro di averla convinta.

«Ascolta, so che è difficile fidarsi. Il matrimonio ci ha accecati entrambi e la tua vita è cambiata in un istante. E me ne dispiace. Ma non ho in programma altre sorprese. Non prenderò decisioni per tuo conto, a meno che non sia per proteggerti. Hai la mia parola.»

Sasha si arrese e si appoggiò al muro, come per reggersi.

«Ci siamo chiariti?»

Annuì, ma sembrava un po' titubante.

«Ti va ancora di correre?»

Annuì velocemente. «Decisamente.»

Premetti il pulsante dell'ascensore e feci un gesto verso di esso quando le porte si aprono immediatamente. «Dopo di te, *sacharok*.»

SASHA

IL PUGNO al plesso solare si allentò solo in parte con le promesse di Maxim. Entrammo insieme nell'ascensore e dovetti reprimere l'ansia.

Odiavo vivere con sospetti. Avrei voluto che la mamma non avesse mai insinuato che avrebbe potuto essere interessato ai soldi, che avrebbe potuto cercare di uccidermi, perché ora la minima cosa mi metteva in paranoia.

Non che classificassi come la minima cosa il fatto di sentirli parlare di me a bassa voce. Pensavo di avere una buona ragione per interrogarlo.

Mia madre mi aveva scritto stamattina da un nuovo numero per dirmi che era ancora al sicuro ma di non contattarla. Mi aveva detto di prendere un telefono prepagato, avvertendomi che Maxim aveva accesso a tutta la mia cronologia delle chiamate, anche se cancellavo i messaggi.

Certo, sapevo che aveva ragione. Avevo capito che mi aveva messo un localizzatore nel telefono nel momento in cui me l'aveva passato.

Il problema era: come facevo a prendere un prepagato quando mio marito non mi perdeva mai di vista? E anche se mia madre si sbagliava, anche se potevo fidarmi di Maxim, era quello un modo di vivere?

Non potevo farmi soffocare così ancora per molto senza impazzire. Sapevo che Maxim aveva detto che era una situazione temporanea, ma non sapevo se crederci. Né quanto sarebbe durata questa temporaneità.

Quando arrivammo al piano terra, mi misi a correre sul percorso che mi aveva mostrato l'ultima volta. Mantenne il passo accanto a me, onorando il mio silenzio ma lanciandomi occhiate interrogative.

Apprezzavo che mi guardasse. Non stavo cercando di nascondergli le cose, anzi: mi sarebbe piaciuto pensare che le mie capacità di recitazione gli avrebbero impedito di vedere tanto. Ma dovevo ammettere che era bello che mi prestasse tanta attenzione.

Era premuroso.

Difficile credere alla mamma, se consideravo le attenzioni di Maxim. Ma se ero davvero la sua gallina dalle uova d'oro, ovvio che prestasse attenzione. Avrebbe giustamente voluto tenermi appiccicata a sé in modo che non mi accorgessi di quanto corto era il guinzaglio.

Corsi più lontano di quanto avrei dovuto: dopo alcuni giorni di riposo e le nottate passate a bere, il mio corpo era fuori allenamento, ma mi sentivo bene. Eliminai l'ansia dai pori con il sudore. Cancellai il nodo alla pancia con il respiro.

Tornammo e facemmo entrambi la doccia, ma non insieme. Maxim sembrò rendersi conto che non ero dell'umore giusto. Quando uscì con un asciugamano avvolto intorno agli addominali, lo affrontai.

«Voglio una macchina.»

Era tornato a interpretare Mister figo: dalla sua espressione non traspariva nulla. Lasciò cadere l'asciugamano e indossò un paio di boxer. «Vuoi la libertà.»

Mi sentii vista di nuovo. «Sì.»

«Hai la patente?»

«Sì. L'ho presa in California quando ero una studentessa.»

«Va bene.» Annuì. «Andiamo a comprarti una macchina, allora.» C'era un tono di riserva nella sua voce, come se stesse facendo una concessione.

«Davvero?»

«Certo. Non ho ancora accesso all'eredità, ma posso acquistarla io. Ti prenderemo qualcosa di appariscente. Una decappottabile? Che ne dici di una Corvette?»

Ero sbalordita. Non mi sarei mai aspettata che fosse d'accordo. Soprattutto non così facilmente. «Una Lamborghini.»

«E Lamborghini sia.» Venne verso di me con nient'altro che i boxer addosso. Ebbe un'erezione mentre si avvicinava. «Sarai proprio sexy con la Lamborghini.» Abbassò le palpebre e mi afferrò per la vita per tirarmi a sé.

«Mmm.» Borbottai guardandolo. Non mi aspettavo che fosse d'accordo. Sembrava un'altra prova che era in buona fede.

Non stava cercando di uccidermi.

«Però... Sasha?»

«Sì?»

«La Lamborghini è veloce.» Allargò le labbra in un sorriso. «Per favore, non costringermi a inseguirti.» Mi palpò il culo. «Prometti di comportarti bene?»

La lussuria mi pervase all'insinuazione della punizione. Ricordavo bene quant'era stata bollente l'ultima. Quanto mi piaceva quel giochino... «Prometto» mormorai, sincera solo a metà.

«Mmm.» Non mi credette, perché era intelligente e perspicace.

Feci un sorriso malizioso. «Possiamo andare adesso?»

Mi diede un bacio sulle labbra. «Quando vuoi, *princessa*.»

Mi rilassai e avvolsi le braccia intorno a lui, premendo il viso contro al suo petto. Non poteva essere cattivo.

Proprio non poteva.

Sapevo che la mamma su di lui si sbagliava.

SASHA

MAXIM MI COMPRÒ una Lamborghini Huracan decappottabile blu elettrico, che diceva si abbinasse ai miei occhi. Dopo aver compilato le scartoffie e preso le chiavi, mi accompagnò al posto di guida con gli occhi fiammeggianti di lussuria.

«Sono sexy adesso?» chiesi, ricordando le sue parole.

«Come una star del cinema.» Passò al lato del passeggero. Sapevo che star lì doveva ucciderlo. Era decisamente un maschio alfa. Il tipo a cui piaceva guidare, ma si sedette con grazia disinvolta.

Avviai l'auto e uscimmo dal parcheggio; al cancello esibimmo i documenti. Invece di tornare al condominio, decollai senza alcuna destinazione in mente. Maxim aveva ragione: volevo la libertà.

Guidare era fantastico.

Maxim non commentò né cercò di dirigere: ecco un'altra sorpresa. Respinsi la voce di mia madre nella testa che mi ricordava che stava solo cercando di farmi felice per avere i miei soldi.

«Volevi diventare una star del cinema, Sasha?» chiese Maxim.

«Che cosa?» Lanciai un'occhiata e scoprii che mi stava osservando.

«Hai detto a Kayla che eri gelosa della sua agente. Come sono andate le cose? L'hai sentita?»

Ma davvero? Stava davvero dando credito ai pettegolezzi della mia amica?

«L'ha assunta.» Kayla mi aveva scritto ieri sera per dirmelo.

«Buon per lei. E tu, Sasha?»

Lo schernii. «Beh, ovviamente per me è impossibile.»

«A causa mia?»

«Che cosa?» Guardai oltre, sorpresa. «No. Che possibilità ho di ottenere anche la più piccola particina? Ho l'accento russo. Dovrei perdere una quindicina di chili. E poi mica vivo a Los Angeles.»

«Che ne diresti di recitare qui? Di provare con il teatro? O magari con la pubblicità.»

Mi venne la nausea. Le parole di Maxim suscitarono in me un tripudio di emozione. Tutte le speranze e i sogni repressi e soffocati che covavo da quando ero una bambina… i sogni di recitare in una soap opera. In uno spettacolo televisivo. O sì, sul palcoscenico. Nessuno di questi era mai stato una possibilità. All'università potevo fingere, potevo immergere le dita dei piedi nell'acqua e desiderare che il mio futuro fosse diverso, di essere qualcun'altra, ma sapevo che sarebbe finita.

«È più difficile di quanto pensi» scattai, anche se non era colpa sua se ero agitata e sconvolta. «E l'accento resta un problema anche qui.»

«E allora ti troveremo un insegnante di dizione. Molti attori stranieri perfezionano l'accento americano. Guarda Alicia Vikander, la svedese dell'ultimo film di Jason Bourne.»

Sbattei le palpebre, il naso iniziò a bruciarmi. Stava cercando di abbattere la mia resistenza. La resistenza che avevo messo in atto per proteggermi dal desiderare ciò che non potevo avere.

«Non so come entrare nel teatro di Chicago» ammisi.

«Ti iscriveremo a corsi di recitazione. Così potrai entrare in scena. Incontrerai persone, potrai ottenere informazioni sulle audizioni. Possiamo andare a dare un'occhiata a tutti gli spettacoli locali per avere un'idea di cosa funziona e meno.»

Un minuto stavo guidando lungo la strada, quello dopo stavo singhiozzando.

«Sasha!» La voce allarmata di Maxim mi lacerò il frastuono che avevo nelle orecchie. «Accosta, *ljubimaja*. Fermati qui.» Indicò una svolta e poi un'altra per un parcheggio.

Fermai la macchina e appoggiai la fronte sul volante per mettermi a piangere come una bambina.

«Cazzo. Cos'ho detto? Sasha? Guardami, zuccherino.»

Cercai di guardarlo, ma stavo letteralmente cadendo a

pezzi. Il disastro in persona. Non sapevo nemmeno perché stavo piangendo. Non ero triste. Ero solo completamente sopraffatta. «Nessuno ha mai appoggiato i miei sogni» singhiozzai, cercando di vederlo attraverso le lacrime. «Nessuno.»

Mi resi conto che era vero. Mia madre non era una cattiva mamma, ma era realistica. Mi aveva insegnato che organizzarmi la vita intorno a un uomo era l'unica opzione possibile. E la sua energia emotiva era sempre stata assorbita da mio padre. Certo, mio padre in Russia mi aveva proibito di recitare e aveva chiarito che dopo il college sarei tornata a casa, e che poi sarebbe stata la fine.

Le amiche al college, beh, non mi avrebbero mai buttata giù, ma la competizione c'era. Volevamo tutte la stessa cosa, solo che loro avevano maggiori possibilità. Avevo interpretato il ruolo di non protagonista perché sapevo che l'altro percorso non mi sarebbe mai stato accessibile.

«Davvero...» Era difficile parlare attraverso i singhiozzi e i pianti. «Pensi davvero che potrei recitare? Insomma, non mi hai mai vista.»

«So che puoi, zuccherino.» Mi prese il viso tra le mani e mi asciugò le lacrime. «Non c'è niente che tu non possa fare. Hai un talento pazzesco. Sei intelligente. Sei bella. E ora hai un sacco di soldi a disposizione per creare un team di supporto. Niente ti fermerà, *ljubimaja*.»

«Scusa» gracchiai. «Non so perché sto piangendo. È ridicolo.»

«Mi dispiace che tu non abbia avuto sostegno. Ma ora ti guardo io le spalle. Ce la faremo. Va bene?»

Non riuscivo a credere a quello che mi stava dicendo. Una parte di me pensava ancora che non sapesse di cosa stava parlando. Insomma, il business del teatro era spietato. Non potevo semplicemente presentarmi e dire "eccomi qui" e ottenere una parte. Ma anche il barlume di speranza, l'idea che avrei potuto tentare… interpretare un piccolo ruolo in un piccolo teatro di quartiere era meglio di niente. E anche nel peggiore dei casi, avrei potuto usare i soldi per diventare una mecenate del teatro ed entrare a far parte di quel mondo in qualità di benefattrice.

Sbattei le ciglia punteggiate di lacrime, scrutando il suo bel viso. «Perché vuoi questo per me? Così non sarebbe più difficile proteggermi?»

Scosse la testa in totale sicurezza. «Non ti toccherà nessuno. Sei al sicuro con me. Me ne assicurerò. Vivere a Chicago non è il massimo per la carriera, ma puoi permetterti di prendere un volo per Los Angeles, se necessario. Intanto iniziare da qui potrebbe essere esattamente ciò di cui hai bisogno. E poi chissà, no?»

«Oh.» I singhiozzi finalmente si placarono e mi si calmò il respiro. «Non posso crederci.»

«Scusa se non te l'ho detto prima.»

Fissai i suoi occhi scuri, traendo forza da lui. Tutto il mio mondo era appena cambiato. La mia realtà si era capovolta di nuovo, solo che stavolta non avrei potuto essere più felice. Era come se mi avesse appena regalato una nuova vita splendente su un piatto d'argento.

«*Spasibo*» sussurrai. *Grazie.*

Mi accarezzò leggermente la guancia con le nocche. «Te l'avevo detto che non c'era niente che non avrei fatto per te.»

Mi scappò una risatina debole. «Me l'hai detto come incentivo per i pompini.»

Lui ricambiò il sorriso e indicò la macchina. «Guarda cosa ti ho preso.»

Scossi la testa, non credendoci ancora. «Perché sei così gentile con me?»

Maxim si fermò. Ero sicura che la sua risposta sarebbe stata sincera. «Perché sei mia» disse semplicemente.

Sbattei le palpebre rapidamente. «Anche se non mi volevi?»

Mi fissò. Non c'era traccia di sorriso sul suo volto. E nemmeno del suo fascino disinvolto e irriverente. «Forse quando ci siamo sposati non ti volevo. Ma ti voglio adesso» disse con totale serietà.

Gli credetti.

«Forse ti voglio anch'io» sussurrai, con le lacrime fresche che mi brillavano negli occhi.

Alzò il mento verso l'accensione. «Guida la tua nuova macchina. Mi piace vederti felice.»

Sorrisi e riavviai il motore. «Stanotte riceverai il miglior pompino della tua vita.»

«Mmm.» Maxim si aggiustò il cazzo nei pantaloni con uno sguardo compiaciuto sul viso. «Mi piaci in ginocchio.»

CAPITOLO SEDICI

Sasha

Ero sdraiata sul divano a guardare *Il trono di spade* con Dima, Nikolaj e Pavel. Maxim, Ravel e Oleg erano altrove per affari.

Non avevo avuto molte possibilità di parlare con Lucy: era sempre al lavoro o chiusa in camera da letto con Ravil, quindi quando la vidi venire verso la porta in accappatoio e con un asciugamano, le chiesi dove stava andando.

«Alla piscina sul tetto.» Si strofinò la pancia. «È la mia grazia salvifica in questi giorni.»

Lanciai uno sguardo accusatorio a Nikolaj e Pavel. «Nessuno mi aveva detto che c'è una piscina sul tetto.»

«C'è una piscina sul tetto» disse Pavel.

Lo schiaffeggiai con il dorso della mano e saltai in piedi. «Posso unirmi a te?»

«Certo.»

«Dammi un minuto» dissi, andando in camera da letto per mettermi il bikini.

Pavel fischiò quando uscii con un asciugamano avvolto intorno alla vita, poi sussultò. «Scusami. Per favore, non dire a Maxim che l'ho fatto. Non voglio che mi tagli il cazzo.»

«Oh bene. Lo terrò a mente la prossima volta che vorrò prendere qualcosa dalla cucina.» Sorrisi e andai da Lucy.

Era bionda, probabilmente aveva dieci anni più di me ed era molto seria. Non scortese ma neanche eccessivamente sorridente.

Mentre uscivamo borbottai: «Non posso credere che nessuno mi abbia detto della piscina. So di essere in isolamento, ma non è un posto sicuro?»

Lucy mi lanciò un'occhiata di traverso. «Come va con l'isolamento?»

«Sono stufa.» feci spallucce. «Ma sinceramente sono abituata a un certo grado di restrizione. Mio padre assoldava sempre gente per seguirmi e tenermi d'occhio.»

Mi condusse su una breve rampa di scale e su un bellissimo tetto con vasca idromassaggio e piscina. Ombrelloni, fiori e alberi in vaso la circondavano, e c'era un'area con l'erba finta. «E il matrimonio con Maxim? Ho sentito dire che non è stata esattamente una tua scelta.»

Neanche sua. Tralasciai quella parte.

A lato della piscina aprì una cassa ed estrasse una tavoletta, che mi offrì.

La presi e lei ne tirò fuori una seconda per sé.

«No, non lo è stata. Cos'hai sentito dire?»

Lei esitò. Immaginavo che fosse un tipo troppo educato per parlare di questioni private. Ma volevo sapere cos'aveva detto Maxim ai ragazzi. Cosa pensavano di me.

«So che sei la figlia del capo di Mosca. E che lui ha organizzato il tuo matrimonio con Maxim.»

«Sì.» La seguii giù per i gradini della piscina. L'acqua

era bella, appena abbastanza fresca da essere rinfrescante ma non tanto da scioccarmi il corpo o darmi i brividi. Si infilò la tavoletta sotto il petto e scalciò in acqua. Feci lo stesso.

«Pare che Maxim e tuo padre una volta fossero molto uniti.» Mi guardò per una conferma. «E ho saputo che avevano litigato ma che Maxim gli rimaneva leale.»

Annuii. «È stata colpa mia. Quella parte l'hai sentita?»

«No. Ravil non ha fornito i dettagli, se li conosce.»

Parte della pressione al petto se ne andò. Avrei dovuto confessare, ma mi vergognavo troppo.

«Ho sentito dire che non sei venuta qui di tua spontanea volontà.»

«No» disse Lucy. All'altra estremità della piscina invertì la direzione, stavolta con una spinta di gambe. «Ma Ravil col tempo ha preso a piacermi. Forse succederà lo stesso a te con Maxim.»

«È prepotente e dominante, ma in realtà è molto più gentiluomo di quanto non mi aspettassi.» Il ricordo di Maxim a Los Angeles con l'anello e il fatto che mi avesse permesso di restare per festeggiare mi fece stringere il cuore quasi dolorosamente. Era più di quanto non meritassi. «Pensavo che mi avrebbe impiccata per mangiarmi il fegato a colazione.»

«Le cose andarono così male tra voi due?»

«Sì.»

«Signore...» Alzai lo sguardo e trovai Ravil in piedi sul bordo della piscina, che fissava la sua fidanzata con adorazione. Si sedette su una delle chaise longue per osservarci come se avessimo bisogno di un bagnino.

Lucy nuotò verso di lui, fino al bordo, e depositò la tavoletta. Mi unii a lei.

«Hai sentito tua madre, Sasha?» chiese Ravil.

I campanelli d'allarme mi suonarono nella testa e mi si

rizzarono i peli della nuca. «No» mentii. Non ero ancora riuscita a comprare un telefono usa e getta perché Ravil non mi faceva uscire di casa da sola, ma lei mi aveva chiamata e aveva scritto da diversi numeri, avvertendomi sempre di stare attenta a Ravil e Maxim.

Non avevo parlato molto con Ravil. Se fossi stata onesta, avrei dovuto ammettere che mi spaventava. Era un *pachan*, come mio padre. Anche se tecnicamente era subordinato mio padre, ero convinta che fosse altrettanto potente. Ciò significava che gli uomini vivevano e morivano secondo i suoi ordini.

Avrebbe potuto ordinare a Maxim di accettarmi come sposa perché voleva il controllo del petrolio russo. Avrebbe potuto avere piani per uccidermi di cui Maxim non era a conoscenza. Oppure lui e il suo risolutore avrebbero potuto elaborare un piano insieme.

Non avrei voluto pensarla così, ma la domanda sulla mamma mi era sembrata mirata.

Mi studiò come faceva mio padre. Come se mi vedesse attraverso.

Immersi la testa sott'acqua per nascondere il nervosismo dovuto al suo sguardo. Quando riemersi, stava ancora guardando.

«Non sai dove sia?»

«No.» Cercai di fare la disinvolta.

«Sembra che nessuno sappia dove sia finita» mi disse. «È scomparsa nello stesso momento in cui Vladimir è morto.»

La bocca mi si seccò. Il cuore palpitò. Tenni le labbra premute insieme per evitare di riempire il silenzio tra noi con informazioni che non avrei dovuto elargire.

«C'è chi pensa che abbia a che fare con la sua morte.»

«Che cosa?» Mi colse di sorpresa. «È ridicolo. Perché?

Perché è sparita? Ovvio che sia sparita: non era più al sicuro senza la protezione di Vladimir.»

«L'omicidio è stato strano. Nessuno dei nemici o potenziali successori l'ha rivendicato. Ed è stato ucciso con il veleno, non esattamente in stile bratva. I nostri sistemi omicidiari di solito sono più... manifesti.»

Lucy emise un suono di disapprovazione e nuotò via. Avrei voluto fare lo stesso, ma mi sentii catturata dallo sguardo azzurro ghiaccio di Ravil.

«Mia madre non ha ucciso Vladimir» dissi.

«Una volta l'hai sentita, però, vero?» insistette.

Quindi Maxim *glielo aveva detto*. La pelle d'oca mi punse la pelle e mi venne la nausea. Uscii dalla piscina. «Si sta facendo freddo» dissi senza rispondere.

Presi l'asciugamano e me lo avvolsi intorno alle spalle. «Maxim è di sotto?»

Scosse la testa. «No. Ma tornerà presto.»

Risuonarono altri campanelli d'allarme. Dovetti stringere i denti per non batterli dal freddo. Infilai le infradito e riuscii a salutare Lucy prima di fuggire.

Inciampai giù per le scale ed entrai nel corridoio, fermandomi per appoggiarmi al muro esterno alla porta dell'attico. Aspettai che il battito cardiaco rallentasse, ma anche quando lo fece, anche dopo aver bussato per rientrare nella suite, non riuscii a scuotere via il freddo che mi si era infiltrato nelle vene.

~

SASHA

MI CI VOLLERO quattro giorni per riuscire a rimanere un momento senza supervisione. Maxim, Ravil e Nikolaj erano andati a una specie di incontro. Aspettai venti minuti, poi presi la borsa e mi diressi alla porta.

«Ehi, ehi, ehi» disse Dima attirandosi lo sguardo di Oleg.

Oleg balzò in piedi.

Odiai il risentimento che mi era nato nei loro confronti per avermi tenuta prigioniera. Mi piacevano quei ragazzi. Mi sentivo loro pari. Ma ora dovevo chiedere il permesso per uscire. Soffocando il fastidio, usai le mie capacità di recitazione e alzai la mano come se non fosse niente di che. «Faccio solo un salto al drugstore all'angolo. Per cose da ragazze.»

Non sapevo perché parlare di mestruazioni mettesse sempre a disagio gli uomini, ma Dima e Pavel distolsero entrambi lo sguardo. Oleg era a un metro e mezzo da me, chiaramente ancora pronto a seguirmi.

«Dovrebbe venire con te Oleg» disse Dima. Lui alzò le spalle. «Maxim ci ucciderebbe se ti lasciassimo uscire senza protezione.»

Nascosi di nuovo l'irritazione e scrollai le spalle. «Come vuoi» dissi a Oleg, tenendogli la porta aperta. Rimanemmo zitti in ascensore.

Beh, eh. Io rimasi zitta. Ebbi l'impulso di fare due chiacchiere per riempire il vuoto, ma resistetti. Non gli avevo chiesto io di venire. Non ero tenuta a intrattenerlo. Arrivai al drugstore all'angolo. Mi girai e misi una mano sul petto di Oleg quando cercò di seguirmi. «Un po' di privacy?» Usai la mia voce da principessa bratva più stronza, ma mi dispiacque subito ricordando quello che mi aveva detto Ravil. Quei ragazzi non lavoravano per me, erano i suoi fratelli. «Mi dispiace, è solo... roba da ragaz-ze.» Arricciai il naso. «Un po' imbarazzante.»

Oleg fece un passo indietro e volse le spalle al negozio,

come se dovesse per proteggere l'intero posto mentre io ero lì.

«Grazie. Ci metterò un secondo.»

Non annuì né fece un segno in risposta.

Entrai, presi rapidamente un pacchetto di assorbenti interni e alcuni cosmetici a caso per riempire una busta, e poi mi diressi verso la parete dell'elettronica per il telefono usa e getta. Era necessario richiedere l'assistenza di un dipendente, il che mi rese nervosa da morire perché mi ci volle un minuto per fermarne uno, e lì eravamo visibili dalla porta. Se Oleg avesse guardato dentro, ci avrebbe visti.

Gli tenni d'occhio la schiena, ma non si voltò mai.

Con il batticuore, riuscii a sopravvivere al pagamento, con il telefono sepolto nella borsa sotto alle cose da donne.

Uscii quasi stordita dal successo.

Missione compiuta.

«Fatto. Grazie per essere venuto» dissi, sentendomi improvvisamente piuttosto loquace. «Scusami, non volevo essere scortese. È che ho la sensazione di non avere mai spazio. Ma so che state solo cercando di tenermi al sicuro, e lo apprezzo.»

Oleg buttò uno sguardo verso la strada, ma quello fu il suo unico riconoscimento delle mie parole.

«Ti serve qualcosa?» chiesi, rendendomi improvvisamente conto di quanto dovesse essere difficile per Oleg muoversi nel mondo. «Posso offrirti un caffè, un tè o altro?»

Abbassò le sopracciglia e scosse la testa.

«Va bene. Come comunichi quando vuoi qualcosa, Oleg?» chiesi. Tirò fuori il telefono dalla tasca e lo sollevò. Sbattei le palpebre; non era chiaro cosa mi stesse dicendo. Ovviamente non poteva parlare al telefono. Aveva un'app di un qualche tipo? «Lo scrivi?»

Lo rimise via.

«È un sì? Puoi anche annuire, sai.»

Abbassò le sopracciglia.

«Perdonami» mi scusai. Sapevo che non mi avrebbe mai fatto del male, ma era piuttosto terrificante già solo per le dimensioni e il fattore intimidazione. Il silenzio lo rendeva anche peggio. Ero sicura che a Ravil e alla cellula bastasse semplicemente portarselo dietro per far pisciare sotto la gente. «Era un sì?»

In realtà stavolta annuì.

«Hai il mio numero?»

Aggrottò le sopracciglia ancora un po'.

«Così da scrivermi se hai bisogno di qualcosa.»

Scosse la testa, ma in modo sprezzante, come se stesse dicendo *che non mi avrebbe mai mandato un messaggio.*

Avrei voluto ricordargli che ero stata io a fargli conoscere la sua fantastica ragazza, ma sarebbe stato esagerato. Fare amicizia con Oleg sarebbe stato probabilmente un progetto a lungo termine.

Tornata in appartamento, andai in camera da letto e poi in bagno, chiudendo la porta e facendo scorrere l'acqua della vasca per creare un rumore di sottofondo. Poi chiamai l'ultimo numero da cui aveva chiamato la mamma dal prepagato.

All'inizio non rispose, quindi le scrissi che ero io e riprovai, e lei rispose. «Sasha! Come stai, cara?» chiese in russo.

«Bene. Dove sei?» Chissà perché mi era uscita per prima quella domanda. Forse perché me lo aveva chiesto Ravil. Sembravano tutti voler conoscere la sua posizione.

«In un posto sicuro.»

«Perché te lo chiede?» disse una voce maschile burbera che rimbombò in sottofondo. Mi si rizzarono i peli sulle braccia.

«È Victor?»

«Sì. Dove sei, Sasha? Nell'attico di Ravil?» Poi mi sarei chiesta come facesse a sapere dell'attico di Ravil, ma la mia mente stava già trottando in avanti a causa della domanda più scottante.

«Sì. Sono in bagno con l'acqua della vasca corrente. È questo il rumore che senti.»

«Dov'è Maxim?»

«Non lo so, fuori per affari. Ma ha dei coinquilini. Vivono tutti insieme all'ultimo piano di un edificio. Mamma...»

«Cosa c'è, Sasha?»

«Ehm...» Chiedere alla mamma se ha ucciso un uomo è più difficile di quanto si pensi. «Chi ha avvelenato Vladimir?»

«Oh, probabilmente Leonid» disse sprezzante.

«Ma non ne ha rivendicato la responsabilità. Ravil lo trova strano. Così pare che sia stata tu» sbottai.

«P-perché probabilmente ha dato solo l'ordine» disse mia madre agitata. La conoscevo abbastanza bene da sentire il filo di tensione nella sua voce.

I campanelli d'allarme suonarono, ma li ignorai.

Non volevo credere che la mamma potesse fare una cosa del genere.

«Ravil ha sostenuto Kuznec. È responsabile del fatto che abbia preso il timone in assenza di Vladimir.»

Mi tornò il freddo che avevo sentito in piscina.

«Non capisci perché, Sasha? Se Vladimir è morto, è a un passo in meno dal prendere il controllo dei pozzi petroliferi. Ecco perché mi nascondo. Finché non riescono a trovarmi, sei al sicuro. Capisci? Perché se tu muori, i tuoi soldi passano a me. Ma se siamo entrambe morte, Maxim e Ravil ottengono tutto. Prendono il controllo del denaro e della bratva. È esattamente quello che tuo padre temeva.»

Scossi la testa. «P-penso che tu sia paranoica, mamma» le dissi, ma non riuscii a fermare il tremito delle mani.

«Hanno chiesto di me? Ti hanno chiesto di scoprire dove sono?»

Emisi un respiro affannato. «Me lo hanno chiesto, ma ho detto che non lo sapevo. Il che è vero. Quindi... immagino sia meglio che tu non me lo dica. Così non avrò niente da nascondere.»

«Non te lo dirò. Ma come stai, tesoro? Ti tengono prigioniera?»

Pensai a quello che avevo dovuto passare per comprare il telefono per chiamarla. Espirai in modo misurato. «È una gabbia dorata, ma sì. Mi tengono prigioniera.»

«Ti ha fatto del male?»

«Maxim?» Il senso di colpa filtrò attraverso il freddo. Sbagliavo a prestarle ascolto? Maxim si prendeva molta cura di me, sessualmente e non. Come potevo anche solo pensare che avesse in programma di uccidermi? Inoltre, perché avrebbero dovuto uccidermi quando già controllava i soldi? Ero io quella che avrebbe dovuto uccidere, da quelle parti. Mio padre mi aveva trattata come la principessa viziata che aveva creato, senza fidarsi di me nella gestione dei miei stessi fondi. Dandoli a Maxim perché li spartisse con me come meglio credeva.

Davvero ridicolo.

«No» dissi. «Lui è buono con me. Penso che ti sbagli su di loro.»

Sentii Viktor dire qualcosa in sottofondo, ma non riuscii a capirlo. «Ora devo andare» disse lei. «Chiamami di nuovo la prossima settimana. Sto lavorando a un piano per vederti.»

«Davvero?» Non riuscivo a decidere se mi rendesse felice o no. «Maxim ha detto che potevi venire qui e che ti avrebbe protetto lui.»

«Sarei pazza a fidarmi di lui» rispose. «No, non dirgli che hai parlato con me.»

«Va bene, non lo farò.»

«Promettimelo. Potrebbe costarmi la vita.»

Mi attraversò un'altra ondata di paura. «Lo prometto.»

«Ti voglio bene, figlia mia.»

«Ti voglio bene anch'io, mamma.» Riagganciai lottando contro l'impulso di scoppiare in lacrime.

La mamma si sbagliava.

Su tutto.

Per forza.

CAPITOLO DICIASSETTE

Maxim

C'ERANO tre cose che adoravo della mia nuova moglie.

Amavo il sesso. *Da,* era forse la cosa principale, perché niente mi commuoveva come vederla arrendersi. Guardare i muri e le barriere tra di noi crollare in un torrente di passione calda e brutale.

Amavo anche lo spettacolo. Adoravo quando si presentava tutta agghindata, elevando il suo naturale magnetismo femminile. Non aveva paura di parlare con chicchessia. Amava essere l'anima della festa. Era il tipo di donna che la gente avrebbe potuto definire "esagerata", ma mi piaceva ogni cosa. Nella settimana in cui era stata qui aveva già conquistato i miei coinquilini, persino Lucy, e loro due avevano molto poco in comune a parte l'essere donne. Aveva conquistato i soldati dell'edificio: i portieri e le guardie. Aveva fatto amicizia con i baristi del bar all'angolo. Sapeva gestire una stanza.

Più di tutto, però, amavo quando mi mostrava cosa

c'era davvero sotto a tutto quanto. Quando era crollata per la recitazione. Quando eravamo stati onesti su suo padre. Era orgogliosa da morire, quindi immaginavo che il fatto che mi mostrasse le sue debolezze avesse un significato.

Che era mia non solo per il corpo e il cognome.

Non che lo fosse sempre, per il momento. Era volubile. A volte la trovavo riservata e cauta, specialmente dopo che l'avevo lasciata sola per troppo tempo, ma speravo che con calma avrebbe imparato a fidarsi del fatto che la mia attenzione non si sarebbe esaurita come quella di suo padre.

Stasera era tutta spettacolo. Dopo il discorsetto della settimana precedente sul teatro, aveva trovato uno spettacolo a cui assistere in serata. Indossava con uno splendido abito blu firmato con la schiena scoperta, e si avvicinava molto di più all'immagine da star di Hollywood rispetto al suo solito look da diva da discoteca. Tutti i ragazzi fischiarono quando uscimmo dalla camera da letto, e lei scosse i capelli rossi come una modella sulla passerella.

«Dove andate?» chiese Lucy dallo sgabello al bancone della colazione. Mangiava carne di manzo e patate, la sua voglia costante in gravidanza.

«Al Chicago Temple of Music and Art» rispose Sasha. «Il Chicago Stage mette in scena *Cabaret.*»

«Ooh, dev'essere bello» disse Lucy.

«Ma è uno strip club, giusto?» chiese Nikolaj con finta innocenza.

Sasha gli fece il dito medio e Dima ridacchiò.

«Prendete la Lamborghini?» chiese Pavel. «O mister Soldoni non ti fa guidare?»

«L'auto è stata un mio regalo, e farla guidare è un piacere» risposi tranquillamente.

Sasha si illuminò. «Mi vizi.»

Guidò fino al teatro e io la indirizzai al parcheggiatore. Quando uscimmo, feci scivolare un cinquantino nella mano del ragazzo e gli dissi di averne cura. Inciampò su sé stesso ringraziandoci ed elargendo promesse a destra e a manca.

Sasha alzò gli occhi al cielo. «Uomini…»

«No. Non è perché sono un uomo.» Le mostrai la mazzetta da cinquanta che avevo in tasca. «È un trucco che mi ha insegnato Ravil: l'ha letto in un vecchio articolo su *Esquire Magazine*. Si chiama *Milionario con venti dollari*. La teoria è che non devi essere ricco per ottenere rispetto o essere trattato come un milionario: devi solo ungere le mani. Mostrare una banconota da venti fa ottenere quasi tutto. Ma con l'inflazione, immagino che ormai si parli di cinquanta o un centinaio.»

«Non credo che funzionerebbe allo stesso modo per una donna.»

«I soldi danno tutto, *sacharok*, specialmente con il giusto atteggiamento. E tu hai un sacco di entrambi. Non giocare in piccolo quando potresti fare le cose in grande.» Tirai fuori un assegno in bianco che avevo portato e glielo mostrai.

«Che cos'è?»

«È per la compagnia teatrale, in caso volessi attirare l'attenzione con una donazione. Fa' sì che si ricordino come ti chiami.»

Glielo porsi e lei lo infilò nella borsetta. Non potevo dire di essere tipo da teatro. Sì, okay, quella era probabilmente la prima volta in assoluto che assistevo a uno spettacolo dal vivo, ma mi piaceva. Mi piaceva ancora di più avere al mio fianco Sasha, che faceva girare le teste. Mi piaceva il suo totale assorbimento nello spettacolo, i sussulti e le esclamazioni. La sua standing ovation alla fine.

«Che finale» esclamò. «Potentissimo.»

Restammo nell'atrio. So cosa avrei fatto io per far sì che

le cose andassero come voleva Sasha, ma dipendeva tutto da lei.

«Vado a cercare il regista» disse.

Sorrisi. «Eccola la mia ragazza. Ti aspetto vicino alle porte.»

Mi trovò venti minuti dopo, con gli occhi fiammeggianti di gloria. «L'ho fatto.» Era raggiante. «Ho usato l'assegno delle donazioni per attirare la sua attenzione, e poi gli ho detto che sono un'attrice, che mi sono appena trasferita qui da Mosca. Mi ha invitata al corso di recitazione del suo socio. È il martedì. E indovina un po'?»

«Che cosa?»

«Non ci crederai mai.» Mi afferrò il polso e lo strinse, rimbalzando un po' sui talloni. «Hanno in calendario Anna Karenina per l'anno prossimo, e ha detto che gli sarebbe piaciuto farmi fare un'audizione per una parte!»

Sorrisi, cercando di capire. «Vogliono una Russa per la parte.»

«Beh, non lo so» disse rapidamente. «Ma almeno l'accento non mi ostacolerà.» Mi sventolò un biglietto da visita in faccia. «E ora ho un contatto.»

Le avvolsi il braccio intorno alla vita e la tirai contro al mio corpo. «Ce l'hai fatta. Vedi? Non c'è niente che tu non possa fare.»

Mi tempestò di una raffica di baci felici. «*Gospodi*, ti amo!»

Deglutii quando il peso massimo di quelle parole mi colpì dritto al petto.

Si tirò indietro con un'espressione sorpresa, come se avesse appena fatto qualcosa di sbagliato.

«Anch'io sono piuttosto pazzo di te» le dissi prima che potesse rimangiarsi tutto.

La vulnerabilità le si palesò dolorosamente in faccia, ma la nascose. «Ah sì?» Fece scivolare le mani su e giù per il mio petto. «Pensavo che mi avessi sposata per i soldi.»

Rimasi di sasso. Era quello che pensava? «No. La tua eredità è una spina nel fianco. Il vantaggio del matrimonio non sono i soldi, zuccherino. Sei tu.»

Si avvicinò, tirandomi la cravatta, insinuando le sue curve contro al mio corpo. «Vuoi dire il sesso.»

Strinsi gli occhi, improvvisamente diffidente. Sentivo che Sasha in quel momento stava interpretando un ruolo. Quello che sua madre le aveva insegnato per tenersi un uomo potente. Non era sincera con me. E sentirmi preso in giro era come avere una pistola alla testa, specialmente se di lei si trattava.

«Ho detto *tu*» insistetti.

Lei colse l'offesa nel mio tono e si tirò leggermente indietro.

No, avevo capito male. Stavo facendo il coglione. Stava cercando la conferma che provassi lo stesso. Le afferrai la nuca e tirai le sue labbra sulle mie.

«Anche le follie. Anch'io ti amo, Sasha.» Fu imbarazzante da dire, ma una volta che le parole vennero fuori non mi dispiacque. Ero vulnerabile come la mia sposa. E proprio in quello consisteva l'amore. Nel rivelare le proprie debolezze. Nell'affidarsi all'altro.

Lei me l'aveva regalato.

Era tempo che io facessi lo stesso.

«Ti amo» ripetei, fissandola negli occhi azzurri.

Un brivido la percorse. «Fantasticavo tanto su questo momento» sussurrò.

Sollevai le labbra in un sorriso. «Ti ho esclusa da tutte le fantasie per i timori della mia vita. Ma lascia che te lo dica, zuccherino: ora sto rimediando. Ne ho circa un centinaio che ti vedono china su quella tua macchina nuova.»

«Ah sì?»

Presi dalla tasca il biglietto del parcheggio. «Ti va un giro?»

Il suo sorriso era oscuro quanto il mio cuore. Mi strappò il biglietto del parcheggio dalle dita. «Sempre, grande uomo.»

~

SASHA

MAXIM MI INDICÒ un garage multipiano che saliva, saliva e saliva. Andammo fino al tetto. Non c'erano altre macchine lassù. Uscimmo per dirigersi al muro per guardare la città. «Mi piace» esclamai.

Sembrava che la notte ci appartenesse. Era tutta nostra.

Maxim mi amava. Non potevo – non volevo – impedire al pensiero di svolazzarmi intorno come un caldo sogno rosa.

Sembrava troppo bello per essere vero.

Come se da un momento all'altro potesse apparire la polizia amorosa per arrestarmi per aver impersonato una vera moglie.

Insomma, era stato costretto a sposarmi. Non mi voleva nemmeno. Come l'avevo fatto innamorare?

E come ci era riuscito lui con me?

Chi stava ingannando chi?

O era tutto davvero reale? Lo sembrava, ma avevo tanta paura di fidarmi. Sembrava tutto troppo facile. Troppo perfetto. Le cose prendevano la piega giusta per la mia carriera di attrice. Vivevo di nuovo negli Stati Uniti, a poca distanza dalle amiche. Facevo nuove amicizie con i coinquilini di Maxim.

Sentendomi selvaggia e in vena di festeggiamenti, e anche a causa del saltar fuori della mia vena esibizionista, aprii la cerniera del vestito e me lo sfilai dalla testa.

Invece di raggiungermi, Maxim fece un passo indietro e si mise le mani in tasca per squadrarmi dalla testa ai piedi.

«Com'è che ti piaceva punirmi?» Feci le fusa, slacciandomi il reggiseno. «Con i soli tacchi addosso?»

Finse impassibilità, ma vidi l'erezione tendergli i pantaloni. «Oh, cazzo, zuccherino.» Venne lentamente verso di me. «Questa derisione ti farà guadagnare delle belle sculacciate.»

«Mmm. Ci conto» Tornai verso la Lamborghini, di cui aprii la portiera per buttarci dentro vestito e reggiseno. Mi seguì, mantenendo le distanze e la postura rilassata.

Mi avvicinai a lui, incollando lo sguardo al suo mentre facevo scivolare lentamente il perizoma lungo le cosce.

Maxim fece un cenno, avvicinandosi. «Quello lo prendo io.» Glielo porsi e lui se lo mise in tasca.

«Mani sul cofano. Allarga le gambe.»

Mi attraversarono brividi di eccitazione mentre assumevo la posizione, premendo entrambi i palmi sul metallo freddo e allargandomi dall'alto dei miei tacchi. Era una notte calda, quindi non avevo freddo per la nudità. O forse era il calore che mi si accumulava tra le gambe. Il rischio di essere scoperti, mentre ero completamente nuda, rendeva tutto cento volte più eccitante che se fossimo stati in un luogo privato.

Maxim mi toccò i seni da dietro, stringendo entrambi i capezzoli. «La mia sposa selvaggia…» Scossi i capelli per girarmi indietro a guardarlo. La sua mano mi batté sul culo, forte. Gridai e poi risi. Mi scesero dei tremori lungo le gambe.

«Ahia» mormorai.

181

Mi diede uno schiaffo sull'altra natica, altrettanto forte. «Lo so, *sacharok*. Ma sei così carina con le impronte delle mie mani sul culo...»

Altri brividi mi percorsero l'interno coscia, facendomi sollevare le arcate e arricciare le dita dei piedi.

«Fai la brava e stai ferma.» Ubbidii, perché lo amavo alla follia. Mi sculacciò, dandomi una raffica di schiaffi brevi e veloci e scaldandomi il culo con il palmo finché non mi spostai. «Va tutto bene.» Strofinò via il bruciore.

«Questo per cosa è?» chiesi. Senza saperne la ragione. Forse una parte di me voleva ancora sapere se mi aveva perdonata per il passato.

«Per avermi fatto innamorare, *ljubimaja*.»

Mi lamentai, perché mi faceva a pezzi ogni volta che lo diceva. Distruggeva le mie difese. Mi lasciava sempre più vulnerabile nei suoi confronti.

Mio padre sapeva che avrei provato tutto questo? Che avremmo potuto essere felici insieme? Innamorati?

Anche il più piccolo frammento di convinzione lo faceva passare come redenzione. Non sapevo di voler essere redenta. Non certo da lui. Ma la sensazione era meravigliosa. Non mi disprezzava. E se magari aveva voluto davvero il meglio per me?

«Ti prego» lo supplicai.

Le dita di Maxim mi scivolarono tra le gambe e quasi venni solo a quel tocco. «Supplichi già, zuccherino? Hai bisogno del cazzo?»

«Sì.»

«Vuoi essere scopata sulla tua macchina nuova di zecca? Hai bisogno che ti mostri chi è che dovrebbe davvero guidare?»

Risi, perché sapevo che la cosa doveva proprio infastidire l'estremo maschio alfa che c'era in lui, eppure me lo aveva permesso lo stesso. «Sì. Fammi vedere.»

«Te lo mostrerò.» Sentii lo strappo della confezione del preservativo, e poi la cappella che si strofinava sulle mie pieghe bagnate.

Spinsi indietro, desiderosa di prenderlo. Dopo una settimana di sesso senza sosta, ero dipendente dalla sensazione di averlo dentro. Dal venire quando ero distesa e dolorante per i suoi colpi. Arresa al suo controllo.

Era un amante prepotente. Parlava sporco e mi metteva in posizioni degradanti, ma si assicurava sempre che io venissi almeno il doppio delle volte che veniva lui. Si prendeva cura di me.

Mi schiaffeggiò di nuovo leggermente il culo mentre spingeva dentro. «Dannazione» gemette. «Sembri una pin up di *Penthouse* in questo momento, piccola. Sei come il sogno di ogni uomo. Un'auto figa e una donna ancora più sexy.»

Si allungò per accarezzarmi il clitoride, entrando e uscendo lentamente da me. «Quale parte ti piace di più, zuccherino? La sculacciata o sapere che potremmo essere scoperti?»

«Essere scoperti» sussultai; i miei muscoli interni gli strinsero il cazzo. Anche se adoravo le sculacciate. «A te?»

«A me?» Mi afferrò i capelli e mi tirò indietro la testa. «Mi piace essere al comando.»

Mi strinsi di nuovo intorno a lui.

«Mi piace quando ti offri a me come una splendida bambolina.» Mi pizzicò un capezzolo, poi mi spinse il busto verso il basso. «Tette sul cofano, bellezza.»

La macchina era pulita, ma anche se non lo fosse stata avrei comunque ubbidito. Maxim faceva del compiacerlo un gioco a cui mi prestavo volentieri.

Mi tenne giù con la mano al centro della schiena e iniziò a spingere più forte. Quando spinse con troppa forza e mi sbatté il bacino contro all'auto, urlai e lui si adattò immediatamente, avvolgendomi l'avambraccio davanti al bacino per attutire il contatto.

E poi partì.

Sbatté dentro sempre più forte, facendomi perdere il respiro, perdere la testa.

L'ansia di finire prima di essere scoperti aumentò il mio bisogno, eppure era così bello che non volevo neanche che finisse.

«Ti scoperò contro la finestra di casa. Fuori sul tetto. La prossima volta che ci andremo ti scoperò con un dito in quel teatro.»

«*Gospodi*» piagnucolai. «Sto venendo.»

«Non finché non lo dico io.» C'era un acuto avvertimento nella voce.

Non aveva mai fatto quel giochino con me prima, e io incrociai gli occhi, cercando di trattenere l'onda anomala che stava per colpirmi.

«Fai la brava e aspetta il permesso.»

«Sei... pazzo» ansimai.

Mi afferrò i capelli, tirandomi indietro la testa e nello stesso tempo spingendomi il busto verso il basso, facendomi inarcare per lui. Ferendomi leggermente in quel suo modo meraviglioso e dominante. «Pazzo di *te*.»

Venne, e io strillai, pronta a venire anch'io, incapace di resistere oltre. Maxim ridacchiò cupamente, lasciando cadere il suo busto sul mio, il cazzo ancora dentro di me, il corpo modellato sul mio da dietro. «Sarai punita per questo, *ljubimaja*.»

Chiusi gli occhi; i miei muscoli interni pulsarono di nuovo intorno al cazzo in una scossa di assestamento. «Non potevo farne a meno.»

Mi baciò il collo. «Nemmeno io.»

CAPITOLO DICIOTTO

Sasha

Uscii dalla lezione di recitazione con un gruppo di
attori, continuando a parlare dell'esercizio di Stanislavskij
che avevamo fatto. Era la terza settimana che ci andavo, e
già provavo un senso di appartenenza. Avevo degli amici.
Adoravo gli esercizi. Ricevevo informazioni da insider sulla
scena di Chicago.

Maxim aveva trovato un insegnante di dizione di
Hollywood per aiutarmi con l'accento nel corso di sessioni
virtuali, e se mi concentravo si capiva a malapena che non
ero americana. O almeno questo mi dicevano i miei nuovi
amici.

«Ehi, Sasha, vuoi unirti a noi per un caffè?» chiese una
delle donne più anziane.

Esitai.

All'inizio Maxim non voleva lasciarmi venire a lezione
da sola, ma avevo fatto una scenata. Avere un marito
possessivo e protettivo in aula con me avrebbe fatto

pensare a tutti che ero una strana. Dopo una battuta d'arresto, aveva finito per lasciarmi e venirmi a prendere alla prima, ma la settimana precedente aveva deciso che potevo iniziare a uscire dal Cremlino da sola, perché il nuovo programma di incrocio dei dati di Dima era a posto e le cose a Mosca si stavano sistemando.

Alla fine mi aveva dato la possibilità di prendere un telefono prepagato e chiamare mia madre, che ancora non mi aveva voluto dire dove si trovava. Mi sentivo un po' in colpa per aver infranto la promessa di andare direttamente da lezione a casa e per avergli nascosto il telefono e la conversazione, ma la mamma era ancora piena di sospetti sulle sue intenzioni, il che mi aveva resa diffidente.

Ero ancora in pericolo? O l'unico vero pericolo proveniva da lui? Non ci credevo davvero, ma non volevo nemmeno fare la sciocca. Da bambina leggevo tutti i libri di Agatha Christie. Sapevo che grandi somme di denaro rendevano le persone inaffidabili.

«Non stavolta» dissi. E non solo per la promessa fatta a Maxim. Ma perché lo chef avrebbe cucinato bene e stasera avremmo mangiato tutti insieme. E malgrado la voglia di far nuove amicizie, soprattutto tra gli attori, preferivo conoscere e uscire con la mia nuova famiglia.

Mi avviai al parcheggio vicino a dove si teneva la lezione. Nessun parcheggiatore nelle vicinanze, purtroppo. Lasciare la Lamborghini in un posteggio incustodito mi aveva resa nervosa, e fui sollevata di vedere che c'era ancora.

Aprii la portiera e mi infilai dentro, lanciando la borsa sul sedile accanto. Quando la portiera si riaprì, urlai di sorpresa.

«Scendi. La macchina sta per esplodere» disse in un russo smozzicato.

«Mamma?»

«Esci subito.» Mia madre mi tirò fuori dall'auto e mi trascinò, abbassandosi, di corsa tra le file di macchine parcheggiate.

Un'esplosione mi spinse in avanti. Forse urlai.

Anche se mi aveva detto che sarebbe esplosa, ero incredula. Mi voltai a fissare il fumo e le fiamme.

Mi tirò avanti finché non raggiungemmo un vicolo, e poi mi trascinò dentro.

«Mamma! Cosa sta succedendo?»

Non rispose: continuò a tirarmi avanti, giù per il vicolo, su per una strada laterale, indietro fino a quando non fummo dall'altra parte della strada, con le sirene della polizia e i camion dei pompieri che urlavano mentre correvano sulla scena.

Entrammo in un albergo dall'altra parte della strada e andammo dritte agli ascensori.

Le lacrime mi scesero sul viso. «Cosa sta succedendo? Chi è stato?»

«Va tutto bene, tesoro.» In ascensore si girò verso di me e mi prese entrambe le mani. Con mia sorpresa, sembrava felice. Eccitata, quasi. «Siamo stati noi!»

«C-cosa?»

Annuì tutta raggiante. «Ha piazzato la bomba Viktor. Sei libera ora!»

Sarà stato il riverbero dell'esplosione, perché un ronzio nelle orecchie mi rese improvvisamente sorda. In una bolla di confusione e shock, non sentii il rumore dell'ascensore né notai le porte aperte, ma mia madre mi tirò fuori per trascinarmi in una stanza d'albergo. Alexei se ne stava seduto su uno dei letti matrimoniali a guardare la televisione. Viktor era in piedi davanti alle tende a guardare il caos sottostante. Mi fece un cenno brusco.

Corsi alla finestra per guardare la mia bella macchina, la mia bellissima bambina che Maxim mi aveva comprato perché a guidarla ero figa, ma era completamente sparita. Viktor mi afferrò la parte superiore del braccio e mi tirò indietro con uno strattone, scuotendomi la spalla e causandomi il colpo di frusta al collo.

«*Kakogo čerta?*» Scattai in russo. *Che diavolo fai?*

«Tienila lontana dalla finestra» ordinò a mia madre, come se non valesse nemmeno la pena di spiegarsi. Le sue parole suonarono lontane, filtrate dall'eco che avevo nelle orecchie.

Fissai l'impronta della mano sul mio braccio scioccata. «Che cos'hai fatto?» chiesi alla mamma.

Mi accarezzò il viso. «Ti ho uccisa. Sei morta ora. Sei libera da Maxim e Ravil e dai loro piani sui soldi. Adesso va tutto a me... a noi!»

«Noi?» chiesi.

Lo stomaco mi sprofondò in un tonfo. Il corpo mi diventò di ghiaccio. Pensavo di aver sempre saputo che mia madre avesse problemi con i soldi. Li amava, ma aveva il terrore di perderli. Ecco perché aveva sopportato mio padre: per essere mantenuta nel lusso. E poi le sue peggiori paure si erano manifestate quando lui aveva lasciato a Vladimir il controllo dei cordoni della borsa. Sapevo che aveva di queste paure, ma ora la vedevo improvvisamente attraverso una nuova lente. Come quando la strega cattiva in una fiaba, quella bella che diceva tutte le cose giuste, si palesava improvvisamente come la vecchia e brutta megera che era.

«Hai... hai ucciso tu Vladimir?» chiesi.

Si voltò dall'altra parte per rispondere: «Non essere ridicola» e capii subito che era una bugia. Era stata lei. Magari non personalmente, ma lei c'entrava di sicuro. La mamma e quei due uomini, Viktor e Alexei, erano in qualche modo responsabili.

Avrei voluto piangere, ma non uscirono lacrime. Ero troppo scioccata.

«Ma non eri obbligata. Maxim si sarebbe preso cura di te» dissi debolmente. Pensavo che fosse vero. Aveva seminato tanti di quei dubbi... e poi la complice era lei.

Mia madre si girò di scatto; la rabbia le rovinò il bel viso. «Tu dici? Io ne dubito. Quello è l'uomo che ha cercato di violentarti quando avevi diciassette anni.»

Scossi la testa, la nausea mi colpì la pancia. Ero cattiva quanto mia madre. Della stessa stoffa. Prendevo misure stupide e disperate per dimostrare che non ero così impotente come mi sentivo. «Non è vero. Mentii io. Mi offrii e lui mi rifiutò.» Fu orribile dirlo ad alta voce.

Riuscii a malapena a pronunciare le parole, ma nella stanza tutti voltarono il capo: Alexei abbassò il volume della televisione per fissarmi. «Che stronza» mormorò scuotendo la testa e distogliendo lo sguardo.

«Mi chiedevo perché Igor l'avesse fatta sposare con lui» sbuffò Viktor. «Probabilmente lo sapeva.»

«Beh, alla fine Maxim non riceverà il premio di consolazione» disse Alexei.

«Peccato per lui.» Viktor guardò la scena sottostante. «Eccolo, è arrivato.»

Corsi alla finestra. Viktor allungò un braccio per impedirmi di avvicinarmi troppo, ma vidi la scena che si svolgeva sotto.

Il Conquest Knight di Maxim era parcheggiato di traverso alla fine della barricata della polizia. Ravil e Oleg stavano ancora uscendo, ma Maxim correva lungo il marciapiede con un poliziotto alle calcagna. Quando arrivò sul posto e vide il relitto – il residuo di quella che era la mia macchina e le due auto parcheggiate vicino alla mia, con l'incendio solo parzialmente spento dai vigili del fuoco – cadde in ginocchio.

Colpì l'aria con i pugni, la testa gli ricadde all'indietro. Vidi la sua bocca aperta in un urlo di rabbia, e in quel momento giurai di percepire il suo dolore come fosse stato mio.

Come se avessi appena perso il mio unico vero amore.

Lui.

Non pensai proprio, mi mossi e basta. «Scendo.»

Fanculo tutto quanto. Fanculo mia madre e il suo stupido piano per liberarmi di Maxim. Non volevo essere libera. Volevo che si occupasse di me, della mia vita e dei miei soldi. Volevo che si prendesse cura di me, che mi proteggesse. Che fosse follemente possessivo nei miei confronti.

Era il mio uomo. Era sempre stato lui.

Viktor mi prese per i capelli e mi tirò indietro. Dovetti incespicare freneticamente indietro per evitare di cadere di culo e perdere un'intera ciocca di capelli.

«Sei morta adesso» ringhiò. «E devi rimanere morta. Cosa pensi che Ravil e la sua cellula faranno alla tua dolce mammina se scopriranno cosa ha pianificato?»

Cosa aveva *pianificato*?

Il cuore mi rimbombò nel petto.

«Victor!» scattò mia madre.

La guardai incredula. Ci aveva cacciate *lei* in quel casino? Pensava che avrei preferito essere di proprietà di Viktor piuttosto che di Maxim?

Fondamentalmente ci aveva vendute entrambe agli scagnozzi di livello più infimo di Igor. Per quanto tempo pensava che ci avrebbero lasciate vivere prima di prendersi tutti i soldi? Pensava di riuscire a tenersi buono Viktor sulla schiena e con le gambe aperte per sempre?

Dubitavo che ci sarebbe riuscita.

Non sapevo se essere soddisfatta o costernata nel

vedere il suo fremito di paura per il modo in cui Viktor mi stava maltrattando. Il colore le svanì dal viso.

Eravamo davvero fottute entrambe.

Ma poi si riprese. «Lasciala andare! Va bene! Posso gestirla io, non devi farlo tu» lo tranquillizzò.

Viktor mi tirò i capelli più forte. «*Devi rimanere morta. Ti è chiaro?*»

«Sì» sussultai. «Rimarrò morta» dissi.

Ancora non mi lasciava andare.

Mia madre si alzò. «*Victor.*»

«Rimarrò morta!» ripetei.

Mi lasciò e mi spinse via da lui. Mia madre mi afferrò, e anche se il suo viso era una maschera di gesso notai il tremito delle mani.

Le lacrime mi bruciarono gli occhi e la gola. Per non rannicchiarmi e nascondermi, mi voltai di nuovo verso la finestra, lo sguardo incollato su Maxim. Ravil e Oleg lo tirarono in piedi e lo sorressero mentre un gruppo di agenti di polizia li circondava.

Maxim. Gospodi, stavo morendo per lui. Se fossi stata nei suoi panni, se avessi pensato che fosse saltato in aria, il cuore mi sarebbe andato in pezzi.

E nell'oscurità di tutto ciò, si insinuò una minuscola scheggia di luce.

Gli *importava.*

Mia madre si sbagliava su di lui.

Era lì in ginocchio perché mi aveva persa.

Se avessi potuto in qualche modo uscire da lì e arrivare da lui, avrei potuto porre fine a quel dolore.

Ma cosa sarebbe successo se Viktor avesse avuto ragione? E se Ravil si fosse vendicato di mia madre perché aveva complottato per portargli via i soldi? Avrei comunque potuto implorare per la sua vita. Fargliela vedere. Se fossi tornata indietro, avrebbero avuto comunque i soldi.

Ma mi venne la nausea a pensare a tutte quelle incertezze. Sarei stata ancora benvoluta dopo che la mamma aveva organizzato quel colpo di stato e apparentemente quello di Mosca contro Vladimir? Avrebbero dovuto ucciderla adesso per regolare i conti in entrambi i continenti?

Mi bruciavano gli occhi, ma ricacciai indietro le lacrime. Ero un'attrice, e non era mai stato tanto importante nascondere le emozioni.

Mia madre si riprese e si avvicinò a me, stringendomi le braccia e sorridendomi come se non fossi appena stata aggredita dal suo fidanzato. «È la soluzione perfetta, Sasha. Vedrai. Non appena avrò il controllo dei soldi, potremo vivere il resto della vita su una spiaggia delle Canarie. Tutti i soldi saranno nostri.»

Continua a sognare, mamma. Temevo che ora stesse mentendo a sé stessa. Doveva per forza rendersi conto di quanto debole fosse l'ascendente che aveva su Viktor. Di quanto avrebbe potuto rivelarsi pericoloso. Di quanto eravamo fottute. Ma aveva messo in moto il piano, e non si poteva tornare indietro.

Valeva per entrambe.

«Non dovrai mai più avere a che fare con quell'uomo che ti odia» promise.

Quell'uomo che ti odia.

Sì, avevo creduto che Maxim mi odiasse. Il giorno in cui era morto mio padre ne ero stata sicura. Ma non più. Aveva abbandonato il rancore ancor prima che gli concedessi la verginità. Mi aveva lasciato fare la mocciosa, andare a Los Angeles costringendolo a inseguirmi, e non si era nemmeno arrabbiato. La punizione era stata deliziosa. Mi aveva portato una fede nuziale e si era comportato bene con le mie amiche.

Mi aveva comprato una macchina.

Mi aveva aiutata a farmi strada nella scena teatrale.

Mi aveva portata fuori e mi aveva avvicinata ai suoi amici.

E io non avevo fatto altro che rendergli la vita difficile e permettergli di piegarmi sul cofano della macchina per del sesso bollente.

Se ne fossi uscita viva, sarei stata la moglie più grata che un uomo potesse mai avere.

Ma si trattava di un grande *se*.

E non avevo intenzione di usare l'abilità insegnatami da mia madre su un altro uomo. Dovevo molto a Maxim. Se fossi uscita da quella situazione, non sarebbe stato grazie alla femminilità usata come arma.

Avrei dovuto usare il cervello.

Maxim

RIUSCIVO A MALAPENA A VEDERE, a malapena a pensare con il martellare che sentivo dietro agli occhi. Sembrava che il centro della mia testa si stesse spaccando.

Il petto l'aveva già fatto. Avevo lasciato i miei organi, il fottuto cuore, su quel marciapiede davanti al parcheggio.

«Chi l'ha uccisa?» mi infuriai nell'attico.

Dima stava lavorando come un matto, la testa bassa, le dita che volavano sui tasti. Ero a un attimo dal tagliargli la testa dalle spalle. Il suo fottuto programma avrebbe dovuto tenerla al sicuro. Avvisarci di chiunque fosse entrato nel Paese.

«Sto analizzando chiunque sia entrato prima dell'attivazione del programma» disse rapidamente con le spalle curve. Anche Nikolaj era in piedi dietro di lui a guardare lo schermo. Forse per proteggere il gemello da me, se avessi perso la testa.

«Eccolo.» Nikolaj indicò lo schermo. «Questo qui… uno entrato a San Francisco da Mosca due settimane fa.»

Dima alzò le spalle e digitò sulla tastiera; le dita volarono ancora più veloci.

«Puoi avere le scansioni dei passaporti dei passeggeri?»

«Dovrei hackerare un database. Ci vorrà del tempo.»

«*Voglio il nome subito!*» tuonai.

Sasha sarebbe stata vendicata. Sarebbe stato versato del sangue. Entro stasera, se avessi potuto fare a modo mio.

«Prova ad hackerare dalla parte Russa» consigliò Nikolaj a bassa voce. «L'hai mai fatto?»

Dima scosse la testa e digitò ancora un po'. Dieci minuti dopo, Nikolaj gridò: «Eccolo! Lo conosco.»

«Chi è?» domandai brusco.

«Alexei Preobraženskij» lesse Dima. «Viveva a Mosca. Nello stesso edificio di Galina e Sasha. Dev'essere stata una guardia…»

Mi avvicinai per vedere la foto. «Figlio di puttana. Adesso è un uomo morto.»

«Non è nessuno» disse Ravil. «L'operazione non è sua. Chiunque abbia Galina, deve averlo mandato a fare il lavoro sporco.»

Guardai Dima. «*Trovalo.*»

Dima lanciò uno sguardo impotente e stressato a Ravil, ma poi tornò a concentrarsi sullo schermo. «Controllo i voli nazionali per Chicago sotto falso nome.»

Percorsi il soggiorno.

«Mettila via» ordinò Ravil.

Sentii le parole, ma senza ascoltarle.

«*Maxim.*»

Guardai oltre.

«Ho detto di metterla via.» Alzò il mento in direzione della mia mano.

Abbassai lo sguardo e scoprii di impugnare la pistola. Senza sicura.

Fanculo. Rimisi la sicura e la infilai nella cintura. «Dammi qualcosa, Dima. Se non metto una pallottola in mezzo agli occhi di questo qui entro stasera, impazzisco.»

Oleg mi venne incontro. In piedi era alto almeno una testa più di me, le sue spalle due volte le mie.

«Che c'è?» dissi.

Lasciò cadere una gigantesca mano sulla mia spalla e poi abbassò la testa.

Se fosse stato qualcun altro probabilmente gli avrei dato un pugno, ma Oleg cercava così raramente di comunicare che mi costrinsi ad accettare le condoglianze.

Ma fu un errore. Improvvisamente non riuscii a respirare; il dolore mi lacerò la gola facendomi bruciare gli occhi. Respirai affannosamente e mi portai le mani sulle cosce, cercando di riprendere fiato.

Fanculo. Sasha era morta.

La mia bella, intelligente, divertente, vivace, incredibile moglie era morta.

Non avrebbe illuminato mai più la stanza con un'osservazione intelligente. Non avrebbe mai più spostato quella sua criniera rossa. Non l'avrei mai vista recitare.

Non l'ho mai vista recitare!

Provai e riprovai, ma ancora non riuscivo a respirare. Il cuore mi batteva forte, la gola era stretta come un pugno.

Volevo morire.

Sì.

Non valeva la pena vivere senza di lei.

Quindi mi lasciai soffocare. Smisi di tentare e crollai su un ginocchio. La testa colpì il tavolino mentre cadevo. L'oscurità che ne seguì fu un sollievo.

CAPITOLO DICIANNOVE

Sasha

«Ho FAME. Voi non avete fame? Dovremmo ordinare il servizio in camera?» Decisi che la migliore linea d'azione era recitare con la mamma di essere a bordo e che tutto era perfetto. Finché non avessi scoperto quali erano le opzioni disponibili e cosa potevo fare.

Volevo ancora disperatamente raggiungere Maxim, per alleviarne il dolore. Volevo credere che mi avrebbe riportata indietro e che in qualche modo avrebbe salvato mia madre dalla sua follia.

Ma sospettavo che, anche se mi avesse ripresa, la vita di mia madre sarebbe stata spacciata. E per quanto la odiassi per quel terribile piano, non bastava a volerla morta.

In quel momento ero la definizione vivente di bloccata tra l'incudine e il martello.

«Alexei adesso ordina qualcosa da asporto» disse Viktor. «Giusto, Alexei?»

«Grande.» Mandare fuori Alexei mi sembrava un'idea

stupida, considerando che i poliziotti erano ancora là fuori, ma non discussi. Stavo facendo la simpatica. E avevo davvero fame.

«Mamma, hai una lima per unghie?» Cercai di fare la disinvolta. Non avevo il telefono, ma forse avrei potuto usare quello suo. Solo per far sapere a Maxim che ero viva. Che lo amavo. Che quello non era il mio piano.

Ma non avevo nemmeno il suo numero! Era salvato nel mio telefono, finito in fiamme nella macchina insieme a quello usa e getta e a tutto il resto che si trovava nella borsa.

Mia madre tirò fuori la borsetta da uno dei cassetti del comò e mi porse una limetta. Feci finta di sistemarmi le unghie mentre osservavo il contenuto della borsa. Non vedevo telefoni, ma ciò non significava che non ce ne fossero.

«Non ho lo spazzolino» borbottai.

«Possiamo comprare tutto quanto» disse mia madre. «Alexei te ne prenderà uno quando sarà fuori. E domani partiremo per la Russia.»

Russia. Lo stomaco mi si annodò ancora di più.

Più lontano da Maxim. Dal mio cuore.

«Avete un passaporto per me?»

«*Da*. Abbiamo tutto» disse. «Una volta in Russia, assumerò un avvocato per ottenere i soldi. Allora saremo libere per sempre, Sasha. Io e te.»

Tu, io e due ragazzi che non credevo neanche per un attimo che non ci avrebbero fatte fuori una volta ottenuti i soldi.

Anche se sembrava che Viktor ci tenesse, alla mamma.

Alexei spense la televisione e si alzò. «Va bene. Vado a prendere da mangiare.» Uscì dalla porta senza chiedere a nessuno cosa volessimo.

Stronzo.

Comunque, bah. Certo che era uno stronzo. Uno

stronzo che probabilmente non avrebbe esitato a farmi un buco in testa se non avessi finto di essere totalmente d'accordo.

All'inizio avevo pensato al peggio. Che sarei stata fortunata a uscire da quella stanza d'albergo. Ma più ci pensavo, più mi rendevo conto che avrebbe potuto non essere vero. Dovetti ricordare che non mi avevano uccisa. *E avrebbero potuto.* Quindi era la mamma a condurre lo spettacolo. Aveva una certa influenza su Viktor e Alexei, altrimenti sarei stata già morta.

Ricordai come l'aveva guardata Viktor nel mio appartamento dopo la morte di mio padre. Aveva decisamente un debole per lei. Quindi, anche fosse stato disposto a uccidermi, non credo che avesse davvero intenzione di farlo a meno, che non avessi forzato la mano.

O almeno finché non avesse avuto i soldi di mia madre. Quel folle piano non funzionava senza di lei. Forse sognava davvero di vivere il resto della vita alle Canarie con mia madre al suo fianco.

Alexei tornò con contenitori di polistirolo di cibo italiano: ravioli e linguine. Mi sedetti a gambe incrociate su un letto e presi il mio di noodles. Mia madre venne a sedersi accanto a me, spalla a spalla, come a una specie di vacanza in famiglia.

Come se in passato fossimo mai state in un hotel così squallido.

«Mamma» mormorai. «Avresti dovuto dirmi del piano.»

«Così era più sicuro, tesoro» disse.

Più sicuro.

Gospodi. Non volevo essere al sicuro. Volevo stare con Maxim. E ora lei aveva rovinato tutto.

Anche se stavo morendo di fame, mi sembrava di

mangiare sassi. Dopo un paio di bocconi, mi misi a mescolare.

Stavo per alzarmi e buttare via il resto quando la porta si spalancò.

~

Maxim

«Sono miei» ringhiai prima che Pavel infilasse la chiave magnetica rubata alle donne delle pulizie attraverso la fessura della porta.

Non avrei mai voluto versare altro sangue. Mi avevano portato via l'unica cosa che valesse la pena tenere. L'unica cosa preziosa per me.

Non sapevo nemmeno come piangerla. Volevo solo cancellare dal pianeta chiunque avesse avuto a che fare con la sua morte.

Avevo avvitato il silenziatore alla pistola. Nel momento in cui aprii la porta con un calcio, trovai una testa a cui puntare e sparare. Alexei morto. Viktor morto.

«*Aspetta.*» Ravil mi afferrò il polso e mi fece oscillare il braccio verso il soffitto quando mi girai per mirare e sparare al prossimo stronzo della lista. «Maxim.»

Il mio cervello balbettò per lo shock.

Là, sul letto, sedeva la mia bella sposa. Vivissima. Seduta accanto alla madre che mangiava pasta da un contenitore come se non mi fosse appena stato strappato il cuore del cazzo.

Cazzo.

Cazzo, cazzo, cazzo, cazzo.

No.

Non poteva essere.

Scossi lentamente la testa da una parte all'altra, incredulo.

Mi... mi aveva *preso in giro?*

Ancora?

Mi aveva preso in giro, cazzo.

Aveva mentito e mi aveva tradito di nuovo.

Bruciava... anche più della sua morte.

Tanto di più. Perché se fosse morta, almeno avrei avuto il suo ricordo da coltivare. Da conservare, custodire e di cui far tesoro fino al giorno in cui non fossi morto io.

Ma adesso...

Adesso sicuramente non mi sarei ripreso. Non con un briciolo di umanità o fiducia residue. Prima pensavo che le donne fossero inaffidabili, ma non avrei mai più potuto toccare una donna senza sentire in bocca l'amaro del tradimento.

«Maxim» gracchiò lei abbassando lentamente il contenitore.

«Non parlarmi» ordinai, e poi mi girai e uscii, lasciando Ravil al mio lavoro di risolutore e a ripulire il gran pasticcio che mi ero lasciato alle spalle.

CAPITOLO VENTI

Sasha

Lo shock mi gelò quando Maxim entrò. Vederlo così micidiale – vederlo sparare a Viktor e Alexei con precisione militare, con un proiettile proprio in mezzo agli occhi – mi sbalordì.

E mi demolì il cuore, perché lo stava facendo per me, per vendicare la mia presunta morte.

Avrei voluto correre da lui e gettarmi tra le sue braccia... finché Ravil non gli impedì di puntarmi la pistola contro e vidi il tradimento sul suo volto. Perse ogni colore. Gli occhi si spensero. Scosse la testa, tenendomi addosso uno sguardo omicida.

Fu allora che il mio cuore smise di battere del tutto.

Non fisicamente, ma emotivamente.

L'uomo che amavo, l'unico che avessi mai amato, l'unico che mi avesse mai amata, ora mi odiava.

Credeva che l'avessi ingannato. I brandelli della nostra

esistenza mi svolazzarono intorno alle orecchie, formando uno schema terribile, orribile.

Sua madre gli aveva mentito in merito al suo ritorno.

Io... avevo raccontato bugie su di lui per farlo bandire.

E ora questo, che doveva sembrare il più grande tradimento di tutti.

Doveva credere che fosse tutto falso. Tutta una bugia. Che avessi giocato fino a quando non avevo avuto la possibilità di rubargli la mia fortuna. Lasciandolo solo e con il cuore spezzato.

Mentre io avrei sorseggiato Mai Tai su una spiaggia spagnola con mia madre.

Né io né lei avevamo reagito alla sparatoria. Niente urla. Nessun movimento. Era come se fossimo prede animali la cui unica difesa era rimanere perfettamente immobili.

«Maxim.» Finalmente feci funzionare la voce, costrinsi le labbra a muoversi.

«Non parlarmi.» Si voltò e lasciò la stanza, portando con sé la mia vita, il futuro, tutto ciò che avevo sempre voluto, e anche di più.

Ravil, Pavel e due soldati che non conoscevo si affollarono nella stanza.

Mi ci vollero alcuni secondi per rendermi conto che la pistola di Ravil era ancora estratta, e che stava prendendo in considerazione me e mia madre. Ricordai che la mamma aveva orchestrato la morte di Vladimir, e che Ravil doveva saperlo.

«Ravil» gracchiai. «Sono stati loro.» Indicai i morti sul pavimento. Uomini per i quali non riuscivo a provare un grammo di tristezza. Credevo che nemmeno alla mamma importasse poi molto. «Io e mia madre siamo vittime della situazione.» Ora ero diventata la bugiarda che Maxim credeva che fossi.

«*Chvatit vrat'!*» abbaiò Ravil. *Basta con le bugie.*

Lasciai cadere la finzione e feci l'unica cosa che mi venne in mente per salvarle la vita: implorai.

«Ti prego, non ucciderla... non ucciderci... ti prego.»

Ravil sembrò prendere una decisione. Infilò la pistola nella cintura dei pantaloni. «Sta a Maxim decidere.»

L'aria mi lasciò i polmoni. Maxim avrebbe deciso del nostro destino. Che si trattasse di vivere o morire. Onestamente non riuscivo a decidere se fosse un bene o meno.

Mi odiava abbastanza da condannarci a morte?

Ravil diede ordini ai soldati che erano con lui, e iniziarono a muoversi, occupandosi dei corpi. «Prendete le vostre cose.» Ci chiamò.

Ci alzammo dal letto. Mia madre prese la borsa e chiuse una piccola valigia.

A Pavel, il *pachan* disse: «Portale fuori di qui, in un altro hotel. Controllale finché non ti contatto.»

Pavel annuì senza parlare. Non mi guardò quando passò. «Andiamo.»

Lasciammo la squallida stanza d'albergo e Pavel ci condusse giù per le scale e fuori da una porta sul retro del vicolo posteriore all'hotel.

«Non lo sapevo, Pavel» provai a dirgli mentre lo seguivamo. «Il piano non era mio.»

«Risparmiatelo.» Aveva un tono freddo e seccato.

Il cuore mi batté dolorosamente contro allo sterno. «Sono salita in macchina e mia madre mi ha tirata fuori, e poi è esplosa. Lì ho scoperto tutto quanto.»

«Non me ne frega un cazzo della tua storia, Sasha. Risparmia il fiato.»

Lacrime calde mi bruciavano dietro agli occhi. «Ho bisogno di parlare con Maxim.»

Quello sembrò irritarlo sul serio. Si fermò e si girò.

«No, non ci parli» scattò. «Non avrai mai più bisogno di parlargli.»

Le lacrime iniziarono a scendere davvero.

«Non ti meriti le lacrime che ha versato per te.»

Mi si strinse il cuore così forte che smise di battere per un momento. Maxim aveva pianto per me?

Pavel spalancò la portiera di un SUV Mercedes bianco e io e mia madre salimmo dietro.

«Il piano non era mio» ripetei con voce rotta mentre avviava la macchina.

«Chiudi la bocca, Sasha» disse Pavel. «Altrimenti...» si interruppe e scosse la testa.

Probabilmente usava la minaccia inespressa come tattica per incutere paura, ma la parte più sciocca di me volle credere che fosse perché Maxim mi amava. E Pavel non poteva minacciarmi, nel caso in cui avessimo risolto le cose.

Mi aggrappai a quella speranza.

La mamma non disse niente. Aveva il viso tirato ed emaciato, e mi stringeva forte la mano, ma non disse una parola.

Probabilmente sapeva che eravamo davvero in pericolo.

Pavel ci portò in un altro squallido hotel e lo seguimmo dentro. Dopo aver prenotato una stanza con due doppie, ci fece entrare e si sedette sulla sedia.

Quando estrasse la pistola e se la appoggiò sul ginocchio, rinunciai a conversare.

Anzi: rinunciai del tutto a capire. Scostai le coperte di uno dei letti, strisciai dentro e chiusi gli occhi.

Se solo avessi potuto addormentarmi e dimenticare tutto...

～

Maxim

Incespicai nell'attico, che sembrava girare. Pensavo di aver aspettato abbastanza a lungo che tutti si fossero addormentati, bevendo vodka liscia al bar all'angolo, e invece no.

Era come se quegli stronzi mi stessero aspettando.

E l'atmosfera compassionevole mi fece venir voglia di vomitare.

«Vaffanculo a tutti.» Non sapevo nemmeno se l'avevo ringhiato in russo o in inglese. Forse in cinese.

Inciampai e Nikolaj si alzò come se volesse aiutarmi, quindi gli diedi un colpo.

E lo mancai.

E in qualche modo finii a terra sulla faccia, sbattendo la spalla contro il divano mentre cadevo.

Oleg mi tirò in piedi. O almeno mi parve Oleg. Nessun altro avrebbe potuto farlo così facilmente.

Battei le palpebre. «Vaffanculo» farfugliai.

Non so bene cosa accadde dopo. Penso di essere svenuto.

Quando divenni di nuovo consapevole di ciò che mi circondava, la luce mi si riversava dalle finestre direttamente nel cranio. Cercai di muovermi e rotolare giù dal divano, sul pavimento.

Tutti quei cazzo di stronzi erano ancora in soggiorno. O forse se n'erano andati per poi tornare, non ne ero sicuro.

Mi alzai e mi sedetti sul divano. «Cosa vuoi?» brontolai contro Dima, che mi guardava dalla sua postazione di lavoro.

«Mi dispiace per Sasha» disse.

Avrei voluto ucciderlo per averne pronunciato il nome.

Alzai un dito. «Non pronunciare mai più quel nome.»

Ravil si lasciò cadere accanto a me. «Ancora una volta sola.»

Mi sentivo davvero come se la testa fosse stata divisa a metà con un'accetta.

«Pavel sta facendo la guardia a Sasha e Galina. Cosa ne vuoi fare di loro?»

Sollevai il labbro in un ringhio nel sentirne di nuovo il nome. Lo stomaco vacillò. Cosa volevo farne di lei? Il mio primo pensiero fu di metterle entrambe in una torre su un'isola remota dove non avrebbero potuto mai più ingannare un altro uomo.

Magari una torre di lusso. Nonostante il dolore, per certi versi volevo ancora che si sentisse a suo agio.

E al sicuro.

Perché su un'isola remota, nessuno degli squali che volevano i soldi sarebbe stato in grado di trovarle.

Ma adesso non era un mio problema. Avevo onorato Igor con la mia promessa, e ora sua figlia era morta.

Per sua scelta. Il mio obbligo di proteggerla era finito.

Perché allora ne sentivo ancora l'impulso?

Mi passai una mano sul viso. La barba della mascella mi graffiò il palmo. «Lasciale andare. Digli di non farsi mai più vedere da nessuno di noi. La responsabilità delle loro azioni è solo loro. Me ne lavo le mani.» Incrociai per la prima volta lo sguardo di Ravil. «Dovresti farlo anche tu.»

Annuì. «Se è quello che vuoi…»

«È quello che voglio.»

«Chiamo Pavel. Cosa vuoi che dica a Mosca?»

«Di'…» Mi strofinai la fronte. «Di' che Sasha è morta.» feci spallucce. Dovevo proteggerla. Probabilmente avrebbero dato ancora la caccia a Galina, ma se Sasha si fosse separata da sua madre sarebbe sopravvissuta. «Puoi dire che non sappiamo altro.»

«Va bene.» Ravil si alzò. «Abbiamo ripulito l'hotel.»

Mi alzai; mi sentivo una tonnellata di peso addosso. «Grazie.»

Barcollai verso la mia stanza. Ritrovarmi nello spazio che avevo condiviso con Sasha mi colpì come un camion. Avrei voluto buttare dalla finestra tutto ciò che le apparteneva. Invece strinsi i denti e le feci le valigie, per quanto poca roba entrava nelle due valigie con cui era venuta, e poi le buttai fuori dalla stanza.

Nikolaj, Dima e Oleg mi fissarono. «Uno di voi gliele può portare?» mormorai.

Le sopracciglia di Nikolaj si sollevarono. Doveva essere ancora dispiaciuto per me, perché si alzò in piedi. «Sì. Gliele porto subito. Porto via questa merda.»

«Grazie.» Tornai nella mia stanza e mi feci la doccia.

Era finita.

Ora me l'ero lasciata alle spalle.

Mi ero lasciato alle spalle tutte le donne.

Non mi sarei mai più fidato di una sola parola uscita dalla bocca di una donna.

CAPITOLO VENTUNO

Sasha

NON ERAVAMO nel tipo di hotel col ristorante, ma Pavel ordinò ciambelle e caffè d'asporto. Avevo creduto che fossero principalmente per lui, ma ne aveva ordinata una mezza dozzina e, dopo aver mangiato, lanciò la busta sul letto dove io e mia madre eravamo ancora rannicchiate.

Non aveva dormito nel letto. Non ero affatto sicura che avesse dormito, ma non sembrava stanco. Sembra esattamente lo stesso. Indifferente. Disinvolto. Letale. Davvero impassibile, per essere tanto giovane.

Trascorremmo la mattinata in silenzio. Avevo troppa paura di fare appello a lui di nuovo, come avevo paura di usare la mia unica possibilità di risolvere il problema.

Che poi... sarebbe davvero stato risolvibile?

Il terrore che avevo nelle viscere mi diceva di no, ma non potevo accettarlo.

Il telefono di Pavel squillò e lui rispose. «Sì. Ricevuto.» Si alzò. «Nikolaj sta portando la tua merda e io me ne vado. Sei sola. Maxim dice che puoi continuare a fingerti morta e tenerti la tua fortuna, a patto che nessuna di voi mostri mai più la propria faccia a nessuno della cellula. Siamo d'accordo?»

Mi alzai. «No.»

Inclinò la testa; l'incredulità e il disprezzo si mescolarono alla sua espressione. «No?»

Ora che sapevo che non intendevano uccidere mia madre, potevo finalmente agire. Potevo finalmente mettermi in moto e fare una scelta. «Ho bisogno di vedere Maxim e spiegargli le cose. Non voglio fingermi morta. Voglio tornare indietro.»

«Sasha!» gridò la mamma. «Cosa stai facendo?» Anche lei scese dal letto, e mi venne dietro.

Da che avevo memoria, la mamma mi aveva sempre fatto credere di aver fatto tutto per me. Che io e lei eravamo nella stessa squadra, in cospirazione contro al mondo esterno. Contro agli uomini. Nel tempo si era assicurata che fossimo ben accudite, e anche che sapessi che dipendeva tutto dai suoi sforzi.

Mi aveva mostrato tutti i suoi trucchi. Mi aveva spiegato perché aveva bisogno che fossi una brava bambina e che aspettassi nella mia stanza mentre seduceva mio padre ancora e ancora, notte dopo notte. Quand'ero cresciuta, mi aveva spiegato perché avrei dovuto smettere di chiedergli di lasciarmi andare in America per il college. Perché avrei dovuto comportarmi più come lei.

E io mi ero ribellata a mio padre, ma non a lei. Forse mi aveva dato l'idea che io e lei fossimo nella stessa barca.

Ora, per la prima volta nella vita, prendevo posizione contro di lei. «Sono i soldi *miei*, mamma.» Le parole suonarono orribili alle mie orecchie e mia madre si ritrasse, ma era la verità. Mio padre non si era fidato di me per quello che riguardava l'eredità, quindi l'aveva data a Maxim. Ora mia madre me l'aveva portata via.

E se avessi dovuto scegliere tra il controllo di Maxim o mia madre... avrei scelto Maxim tutta la vita.

«Mi hai detto che Maxim e Ravil volevano rubarli, ma eri tu a volerli.»

Mia madre mi diede uno schiaffo in faccia, forte.

Gli occhi mi brillarono e le parole di Maxim mi tornarono alla mente, come un'orribile provocazione, un amaro ricordo di ciò che avevo perso.

Nessuno ti schiaffeggerà mai più, te lo prometto. Non se vuole vivere.

«Ho fatto tutto per te, mocciosa ingrata!» ringhiò lei. «Avremmo potuto ucciderti per davvero in quella macchina.» Mi puntò un dito contro. «*Ecco* come avrei potuto prenderti i soldi, se quello fosse stato il mio desiderio. Sarebbe stato molto più semplice. E Viktor sarebbe ancora vivo, e adesso potrei godermeli con lui!»

La fissai, reprimendo il peso del dolore che mi travolse. Non per quelle parole, ma per una vita passata nell'inconscia consapevolezza che la mamma non mi voleva davvero bene, se non come fossi stata un'estensione di lei. Che ero una pedina nel suo giochino contro Igor per i soldi. Niente di più.

Allargò le braccia. «Ho fatto tutto per te. Per liberarti da quell'uomo.»

«Non volevo essere liberata da lui!» urlai. Guardai disperatamente Pavel, che stava sulla porta con l'aria di voler andarsene ma non era in grado di distogliere lo sguardo dal casino in corso fra me e mia madre.

«Per favore, devi dirglielo. Non sono stata io. Non volevo questo.»

Pavel scosse la testa disgustato. «Non gli dirò niente» disse, e uscì.

Mia madre si girò e prese la valigia. «Andiamo. Abbiamo un volo per Mosca.»

Non riuscii a muovermi. Non mi ero mai sentita così persa o sola in tutta la mia vita. Il desiderio di lasciarmi sprofondare – lamentarmi, lagnarmi, ribellarmi – tutti i vecchi trucchi stantii dell'infanzia affiorano, ma mi resi conto di quanto fossero completamente inutili.

Maxim aveva ragione: il potere non veniva concesso dagli altri. Era qualcosa che ci si prendeva.

«Non ci penso proprio.»

Mia madre si bloccò e poi si girò lentamente. «Che cosa?»

«Non lascio mio marito.»

«Non hai sentito? Tuo marito ha detto che se mai mostreremo di nuovo le nostre facce, ci priveranno dei soldi.» Fece un gesto con entrambe le mani. «*Non possiamo vivere senza i soldi!* Ma guardati» mi schernì. «Non hai mai avuto un lavoro in vita tua. Cosa faresti? Come vivresti? E per quale scopo? Maxim non ti riprenderà indietro. Ho visto la sua faccia quando ha visto che eri viva. L'hai tradito una volta. Sei fortunata che non ti abbia soffocata proprio lì per averlo tradito una seconda.»

Agitai i pugni in aria come una pazza. «Non l'ho tradito una seconda volta! L'hai fatto *tu*! E glielo dimostrerò.»

Spalancò gli occhi. «Sei pazza? Ci vuoi morte entrambe?» Fece un passo indietro, fingendosi ferita.

All'improvviso vidi da chi avevo preso il gene della recitazione.

«O vuoi morta solo me?»

«No, mamma. Non ti ucciderà. L'avrebbe già fatto. Ti ha risparmiata perché tiene a me. È questa la parte che ti sei persa. Maxim e io ci stavamo innamorando. Mi ha comprato lui quella macchina!» Feci un gesto verso la strada, come se la mia macchina fosse ancora là fuori e non fosse saltata in un miliardo di pezzi. Usai l'auto come esempio perché per mia madre il denaro era tutto ciò che contava. Ovviamente per me non era la macchina. Era come mi guardava, in macchina. Era il fatto che avesse detto che si abbinava ai miei occhi. Che volesse scoparmici sopra. Che gli piacesse viziarmi e poi mancarmi di rispetto in egual misura.

«Ho visto la sua faccia» disse testarda. «Non ti perdonerà.»

Raddrizzai la schiena. Mi aveva perdonata una volta. Avrebbe anche potuto farlo di nuovo. Nella speranza che stavolta non gli ci volessero otto anni, per guarire.

«Vai in Russia. Io resto qui.»

Mia madre posò la valigia. «Aspetterò. Quando ti rifiuterà, ce ne andremo insieme.»

Non finsi che volesse rimanere con me. Rimaneva perché se fossi tornata da Maxim, se non avessi continuato a fingermi morta, i soldi sarebbero stati di nuovo miei.

Non suoi.

Quando diceva di essere senza un soldo, aveva paura per sé stessa. Con Vladimir vivo, le sarebbe stato dato un assegno mensile. Ora che l'aveva ucciso, non avrebbe ottenuto nulla. Anzi: probabilmente non sarebbe stata affatto al sicuro a Mosca. Non sapevo se Vladimir avesse molti amici, ma era possibile che qualcuno versasse il suo sangue per quello che aveva fatto.

Bussarono. Andai ad aprire, ma mia madre sussurrò: «Aspetta!»

«Che cosa?» sussurrai di rimando.

«Solo perché ha detto che siamo libere di andare, non significa che lo siamo davvero.»

Aprii la porta di una fessura. Era Nikolaj con le valigie. Appena mi vide si girò e se ne andò.

«Aspetta!» lo chiamai. «Per favore. Devo parlare con Maxim.»

«Mai, *princessa*» disse Nikolaj.

«È mio marito» insistetti, come se questo significasse qualcosa per Nikolaj, che era già a tre quarti del corridoio verso all'ascensore.

«È vedovo.» Nikolaj non si girò nemmeno mentre pronunciava quelle parole. E poi entrò nell'ascensore e se ne andò.

Dannazione.

Non mi ero mai odiata così tanto in vita mia. Avevo sbagliato tutto con Maxim. Quella stupida e crudele bugia adolescenziale sul fatto che avesse tentato di costringermi a fare sesso... mi ero comportata come una mocciosa viziata quando mi aveva portata qui.

E non sapevo cosa avrei potuto fare di diverso con mia madre, ma desideravo tanto averlo fatto. Non avrei dovuto comprare il telefono prepagato e raccontarle del corso di recitazione. Non avrei dovuto lasciarle seminare tutti quei dubbi su Maxim. Avrei dovuto dirle, e convincerla, che ero felice con lui. Allora non avrebbe fatto quella mossa disperata.

Mossa che aveva appena rovinato la mia vita e pure la sua.

Soffocai un singhiozzo mentre portavo le valigie all'interno della stanza. «Devo vederlo» dissi.

Mia madre mi bloccò la strada. «Non abbiamo soldi, Sasha. Niente carte di credito, niente contanti. Niente.»

«Come sei arrivata qui?»

«Viktor» sussurrò.

Giusto. Viktor. Che era morto. La mia carta di credito, ottenuta per gentile concessione di Maxim, era stata fatta esplodere con la borsa.

Non avevo telefono. Non sarei riuscita nemmeno ad arrivare al Cremlino con un Uber.

«Dobbiamo usare i biglietti aerei e tornare a Mosca. Lì avremo i tuoi soldi e un nuovo inizio.»

Eccola di nuovo con il suo grande piano.

«Mamma, ci vogliono mesi per trasferire una proprietà dopo una morte. Maxim non aveva ancora accesso ai soldi di Igor.»

Impallidì. «Ma è la nostra unica speranza.»

La sua.

Ma non la mia.

La mia speranza era Maxim. La mia vita era Maxim. Dovevo solo convincerlo a vedermi, così avrei potuto rassicurarlo.

Aprii la valigia e mi cambiai i vestiti del giorno prima: misi un paio di capri jeggings e un bel top. Optai per delle scarpe comode.

«Vado da Maxim» dichiarai. Non mi importava se avrei dovuto attraversare Chicago: ci sarei arrivata e lo avrei visto.

Ignorai i terribili avvertimenti e le proteste della mamma e lasciai l'edificio. Mi ci volle tutto il pomeriggio per arrivare al Cremlino con i mezzi pubblici.

Nel momento in cui varcai la porta principale, la guardia scosse la testa. «Esci. A te e a tua madre è vietato l'accesso.»

«Per favore, ho solo bisogno di parlare con mio marito.»

«Vattene o ti butto fuori. Ho ordini categorici» mi disse. «Se torni, chiamo la polizia. E tu questo non lo vorresti, vero? Non dovresti essere morta?»

E fu allora che mi colpì l'idea. Sicuramente non volevo essere morta.

E se non ero morta, allora Maxim aveva il controllo dei

miei soldi. Il che significava che il suo obbligo nei confronti di Igor sarebbe stato ancora in vigore. A meno che non lo credesse annullato da parte mia.

In ogni caso, era un buon punto di partenza. Annuii. «Per favore, chiama la polizia. Voglio dichiarare che non sono morta.»

≈

Maxim

ERO sul divano intento a bere di nuovo fino all'oblio quando mi squillò il telefono. Era la guardia di sicurezza del piano di sotto.

«Vaffanculo» mormorai, e non risposi.

Chiamò Ravil, dopo di me.

«Eh. Beh, smascherala. Chiama la polizia» disse Ravil.

Scossi la testa. «Mi stai prendendo per il culo.»

Ravil alzò le spalle. «Dice che dichiarerà di non essere morta a meno che tu non scenda.»

Mi sistemai e annuii. «Smascheratela. Deve rimanere morta se vuole avere il controllo dei soldi.»

«Avevo intenzione di aspettare qualche giorno per dirtelo, ma...» iniziò Nikolaj.

Gli lanciai il bicchiere in testa. Lo mancai, ma andò a sbattere contro al muro e finì in frantumi.

«Va bene. Aspetterò qualche giorno.» Nikolaj ebbe la decenza di non sembrare toccato dal mio tentativo di aggressione.

Non avrebbe dovuto essere così difficile passare un giorno senza sentire il suo dannato nome.

Senza pensare a lei. Immaginare di annusarla. Mi

chiesi come avevo potuto essere così stupido da farmi prendere in giro.

Quaranta minuti dopo, quello stronzo della guardia chiamò di nuovo. Stavolta risposi, pronto a staccargli la sua cazzo di testa. «Che c'è?» ringhiai.

«I poliziotti vogliono parlare con te.»

«Che cosa?» Fanculo. Era davvero andata fino in fondo.

Non volevo ammettere l'effetto che mi faceva. Mi aveva appena restituito la sua fortuna. Ma non potevo. Non sapevo a che gioco stesse giocando, ma non le avrei permesso di prendermi in giro di nuovo. Per nessun cazzo di motivo.

«Sì, penso che potresti essere un sospettato nell'attentato» disse la guardia in russo.

Ah. Ora capivo il suo punto di vista. Giusto? Cazzo, non ne avevo idea. Non riuscivo a pensare lucidamente.

Avrei dovuto essere il risolutore, ma non potevo aggiustare nessuna dannata cosa in quel momento.

Mi diressi verso l'ascensore e Ravil, Nikolaj e Pavel entrarono con me. Almeno sapevo che mi avrebbero coperto sempre le spalle.

Fratelli di cui ci si poteva fidare.

Non donne, quindi.

Scesi le scale e nell'atrio trovai due poliziotti con Sasha e la guardia.

«Eccolo.» Sasha fece un grande sorriso e salutò. «Vedete? Non mi nascondo da lui.»

L'ufficiale di polizia socchiuse gli occhi. «Quindi ti sei nascosta dopo l'esplosione e tuo marito pensava che fossi morta? Ma ora non ti nascondi da lui?»

«Non mi sono mai nascosta da lui. Stavo cercando di proteggerlo dai guai. Mio padre era il capo della *mafia* russa, e dopo la sua morte temevo che alcuni dei suoi uomini venissero a cercarmi per vendetta.»

«*Mafia* russa» ripeté l'ufficiale di polizia maschio, guardandoci tutti dall'alto in basso con sospetto. «Chi erano questi uomini?»

Sasha alzò le spalle. «Non lo so.»

«Da quanto tempo sapevi che tua moglie era viva?» mi chiese l'ufficiale donna.

«Da ieri sera.» Non aveva senso mentire.

«E non ti sei preoccupato di avvisarci? Nessuno di voi lo ha fatto?»

«Come ho detto, mi stavo nascondendo. Nel caso in cui fossi inseguita.» Sasha ebbe il coraggio di avvicinarsi e di mettersi al mio fianco come se fossimo una cosa sola. Mi avvolse con un braccio.

Se non fosse stato per la polizia, l'avrei scacciata. Ma la sentii tremare.

Oh, cazzo.

Non volevo preoccuparmene.

Non volevo nemmeno cercare di capire cosa stava combinando la mia connivente diabolica moglie in quel momento.

Stava tremando per me o per i poliziotti?

Bah.

L'afferrai per la nuca e la tirai bruscamente indietro per baciarla con forza sulla bocca. Poi alzai la testa e guardai intensamente i poliziotti. «Sono felicissimo che sia viva.»

Avrei voluto che non fosse stata senza fiato, lì a guardarmi come se non riuscisse a staccarmi gli occhi di dosso.

Ci fu ancora un po' di via vai, e la promessa che un detective ci avrebbe seguiti, ma quei maledetti poliziotti alla fine se ne andarono. Accompagnai Sasha dietro l'angolo, dove la inchiodai al muro per la gola. «Non so quale sia il tuo gioco adesso, *sacharok*, ma puoi concluderlo qui. Tra noi è finita.»

Gli occhi le si riempirono di lacrime e raccolsi tutta la rabbia che avevo contro di lei per impedire a quelle gocce scintillanti di commuovermi.

«Maxim, ti prego. Voglio solo raccontarti cos'è successo.»

Strinsi la presa sulla gola quel tanto che bastava per farla tacere. «Non voglio sentire. Non voglio sentirne parlare. Non so cosa pensi di aver dimostrato dicendo che non eri morta, ma non ti terrò con me. Procurati i documenti per il divorzio. Tua madre erediterà comunque, e in questo modo non dovrai fingerti morta.» La lasciai andare e me ne andai.

Riuscii a malapena a respirare per il dolore che mi squarciava in due, ma non lo dimostrai. Non sarei svenuto di nuovo solo per farle vedere come mi aveva rovinato.

Tra noi era finita. Non sarei mai più caduto preda delle sue astuzie.

CAPITOLO VENTIDUE

Sasha

«Dovremmo andare in Russia» disse mia madre. Erano passati due giorni da quando avevo visto Maxim al Cremlino, e non avevo mai lasciato la stanza d'albergo. Ero seduta vicino alla finestra e guardavo la strada sottostante. Alternavo lo stare seduta lì al camminare su e giù per la stanzina.

Non sapevo nemmeno se stavo pensando o se mi ero appena spenta.

«No.»

«Per favore, Sasha. Sii ragionevole. Non possiamo restare qui per sempre. Presto Ravil scoprirà che l'hotel viene ancora pagato con la sua carta di credito e verremo cacciate.»

«È colpa tua» le dissi di scatto. «Mi hai portato via l'unica persona a cui importava davvero di me!»

Gli occhi di mia madre si allargarono. «Che dici? Sono io l'unica che si sia mai veramente presa cura di te.»

«No.» Ero così stufa delle calde lacrime che continuavano a uscirmi dagli occhi. «A Maxim importava davvero. Mi ha ascoltata. Ha sostenuto i miei sogni. E ora è terribilmente ferito perché pensa che io abbia cercato di ingannarlo.»

Scosse la testa in modo sprezzante.

«Se vuoi lasciare l'hotel, dovresti aiutarmi a capire come risolvere il problema.»

«Maxim ha detto che avrebbe chiesto il divorzio?»

Guardai mia madre. Adorava quella chicca, perché significava che avrebbe avuto i miei soldi. «Non voglio il divorzio. Voglio Maxim.»

Sospirò. «E l'avvocato?»

«Quale avvocato?»

«La fidanzata di Ravil non è avvocato? Forse sta preparando le carte. Potresti andare a parlarle.»

Sbattei le palpebre guardando mia madre. Non era la peggiore delle idee.

Non sapevo se piacevo a Lucy, ma era stata sicuramente gentile. Presi il telefono e chiamai lo studio legale per prendere appuntamento.

Avrei sistemato le cose. Dovevo, per forza. Non me ne sarei stata lì a lasciar passivamente che le persone mi muovessero su una scacchiera come una pedina. Quella era la mia vita, e dovevo lottare per ciò che volevo.

Maxim

MI TROVAVO al bar per la terza notte consecutiva quando Pavel si lasciò cadere accanto a me su uno sgabello. Non mi guardò; si limitò a esaminare le bottiglie dietro il bancone con fredda indifferenza.

Il barista si avvicinò e prese l'ordinazione di una birra.

La sorseggiò lentamente, sempre senza darmi retta.

«Qualunque cosa tu voglia dire, ripensaci. Ti assicuro che non voglio sentirlo.»

«Mmm.»

Presi il bicchiere ghiacciato e gesticolai con esso. «Stavolta la mira sarà migliore» minacciai.

Non disse niente; bevve solo un altro sorso.

Fanculo. Buttai giù un pezzo da cinquanta e feci per alzarmi dalla sedia.

«Stava litigando con la madre» disse Pavel.

Non volevo fermarmi.

Vai via. Vai via, cazzo.

Maledizione. Mi sedetti di nuovo.

«La madre le ha detto che avrebbe dovuto lasciarla bruciare.»

Se voleva scegliere l'unica cosa adatta a farmi reagire, aveva scelto saggiamente. Un'ondata di rabbia fredda e poi rovente mi bruciò dentro. *«Prego?»*

«Stavano litigando» ripeté. «Penso davvero che Sasha non abbia avuto niente a che fare con il piano. Continuava a supplicarmi di dirtelo. E sua madre le stava dicendo che l'aveva fatto per lei, ma Sasha continuava a dirle che era una stronzata. Ha detto che Galina le stava praticamente rubando i soldi.»

Il cuore mi batté nel petto. L'indecisione rese difficile respirare. «E me lo dici solo ora?» Ringhiai, decidendo che adesso la colpa era tutta di Pavel.

Fu abbastanza saggio da alzarsi dallo sgabello e indietreggiare, le mani alzate in segno di resa. «Ci avevo già provato.»

Scossi la testa. «No che non ci avevi provato.»

Magari non volevo più veder Sasha, ma l'idea che fosse in pericolo a causa di sua madre mi fece alzare; mi mossi velocemente.

Grazie al cielo, cazzo, avevo ucciso Viktor e Alexei. L'avrebbero uccisa se avesse cercato di andarsene?

Presi il telefono montando in macchina e chiamai Ravil. «Dove sono?» abbaiai al telefono.

Aspettò un attimo prima di rispondere, a dimostrazione che era ancora lui il leader. Quando parlò, la sua voce era morbida come il caramello. «Presumo che tu intenda Sasha e Galina…»

«Sì. Immagino che tu le tenga d'occhio.»

«Sono ancora nell'albergo dove le ho lasciate. I biglietti per la Russia, prenotati sotto falso nome, sono rimasti inutilizzati.»

«Quale albergo?»

«Dovresti semplicemente tornare qui.»

«Non dirmi di tornare lì, cazzo.»

«No, davvero, torna indietro. Se stai cercando Sasha… ha trovato il modo di entrare.»

Mi ci vollero diversi momenti per pensarci. Niente sfuggiva a Ravil; era il nostro *pachan*. Nessuno poteva fargli fare nulla a meno che…

«L'ha fatta entrare Lucy» azzardai.

«È nella tua stanza.»

Il battito cardiaco mi si calmò. Era nella mia stanza.

Al sicuro.

Nessuno poteva toccarla lì.

Nessuno tranne me.

Ero ancora combattuto. Non sapevo bene cosa credere. Ma il racconto di Pavel era coerente con quel che aveva cercato di dirmi lei. E con le sue azioni. Non aveva continuato a fingersi morta. Non aveva lasciato il Paese.

Premetti l'acceleratore, sgommando nel parcheggio sotto il Cremlino, e presi l'ascensore privato per l'attico.

Entrai nella suite senza dire una parola a nessuno, arrotolandomi le maniche della camicia. Come se stessi per prendermi cura della mia mogliettina fuggitiva con una buona sculacciata all'antica.

Il che... sembrava davvero divertente.

Parte del peso che mi schiacciava il petto da quando pensavo fosse morta si sollevò. Aprii la porta, poi entrai e la chiusi velocemente quando vidi cosa mi stava aspettando.

Sasha era nuda in mezzo al letto. Nuda tranne che per un paio di tacchi a spillo rossi. A parte le scarpe, era l'immagine sputata di quello che aveva fatto sei anni fa quando l'avevo trovata nella cabina dello yacht mentre si offriva a me su un vassoio d'argento.

Non mi piaceva la scena. Non mi era piaciuta allora, e mi piaceva ancora meno adesso. Sembrava un'altra manipolazione. Ma poi notai la sua grande insicurezza. Fu quella, più di ogni altra cosa, a minare la mia resistenza.

Appoggiai la schiena alla porta e mi passai una mano sul viso. «Cosa stai facendo?»

Lei deglutì. Non mi piaceva vederla così nervosa. «Mi sono tenuta i tacchi» offrì. «Per la punizione.»

Il fatto che stesse pensando la stessa cosa che avevo pensato io minò ancor di più la mia resistenza. Ma non volevo mica pensare con il cazzo. Non potevo lasciarmi ingannare, fosse stato un altro trucco.

«Niente trucchi» promise, leggendomi nel pensiero. Senza cercare di sembrare sexy, si alzò dal bordo del letto e poi mi sciocò a morte cadendo in ginocchio davanti a me. Alzò le dita come se stesse per sbottonarmi i pantaloni, ma poi sembrò ripensarci e le fece svolazzare di nuovo giù.

Non eravamo ancora arrivati a quel punto.

Tenne le mani in grembo, invece, guardando in alto

con quei brillanti occhi azzurri. «Non ti sto prendendo in giro. Non lo feci allora. Non lo sto facendo adesso.» Le lacrime brillarono e uscirono, ricadendole sulle guance.

La mia resistenza venne ridotta in mille pezzi.

«Sono qui per offrirmi a te. Perché il mio cuore, il mio corpo e la mia anima ti appartengono. È sempre stato così.»

«Sasha» sussurrai, e caddi in ginocchio davanti a lei. Appoggiai la fronte contro alla sua e le presi la nuca. «Sasha... mi hai spezzato il cuore» ammisi.

Trattene un singhiozzo, il ventre nudo che tremava. «E tu stai spezzando il mio.»

Oh, cazzo.

«Maxim, sono scesa dalla macchina prima che esplodesse perché mia madre mi ha aperto la portiera e mi ha detto di farlo... non conoscevo il piano. Non ne facevo parte. Non voglio essere morta per te, né divorziata. Ti prego di credermi.»

«Sasha» gracchiai. Ora ero distrutto. Completamente a pezzi. Decisamente demolito. Sasha mi aveva fatto a pezzi e mi aveva lasciato senza fiato su quel marciapiede e in quella stanza d'albergo.

Le accarezzai i capelli.

«A mia madre importava solo dei soldi.» Le si spezzò la voce.

«Lo so» ammisi.

«Cercava di dirmi che stavi pianificando di uccidermi, ma era lei quella con dei piani.»

Scacciò via le lacrime, ma continuarono a scendere.

«Sei l'unica persona che si sia mai preoccupata per me. Non posso perderti, Maxim. Per favore.»

«Mi hai» dissi velocemente, prima che implorasse ancora. «Mi avrai sempre. Mi dispiace di non averti creduta.»

Rivendicai la sua bocca con il più intenso dei baci. Incredibilmente appassionato. Famelico. Possessivo. Avevo bisogno di quella donna come dell'ossigeno. «Mi dispiace, zuccherino» le dissi contro alle labbra. «Avrei dovuto fidarmi di te. Avrei dovuto fidarmi di te allora e avrei dovuto fidarmi di te adesso. È che...»

«Lo so. Tua madre ti ha influenzato. Tu pensi che le donne manipolino. Prometto che non ti ingannerò mai. Mai.»

Ascoltare la mia ferita più profonda pronunciata ad alta voce dalla mia sposa, sentirla compresa e compatita mi provocò qualcosa di folle.

Tutta la devastazione che Sasha aveva inflitto al mio cuore sembrò improvvisamente avere un senso. Quello di ricominciare così. Con fiducia tra di noi. Con vulnerabilità e tolleranza.

«Sasha, perdonami» soffocai. Ora ero io a mendicare. «Mi dispiace di non averti creduta. Io *ti conosco*. Avrei dovuto aggrapparmi a quello. Conosco il tuo cuore. Chi sei sotto tutte le tue pose. Sei dolce, premurosa e gentile. Ti prendi cura di tutti quelli che ti circondano. E, *sacharok*, ritengo che prendermi cura di te sia il più grande onore che mi sia mai stato concesso. Il mio debito con Igor non finirà mai.»

«Maxim.» Sasha crollò completamente, coprendosi la bocca per nascondere i singhiozzi.

«Vieni qui, bellezza.» La aiutai ad alzarsi e la baciai di nuovo, spingendola sulla schiena sul letto.

Ci andai piano. Come se quella fosse stata la nostra prima notte di nozze e lei la vergine che mi aveva aspettato per tanti e tanti anni. La baciai dalla mascella alla gola. Tra i seni. Strinsi rudemente un seno mentre la lussuria scalciava con impazienza nelle mie vene, ma mi sforzai di fare con calma, succhiando un capezzolo in bocca mentre stringevo e massaggiavo il seno. «La mia bella moglie» mormorai, passando all'altro capezzolo. Strinsi e pizzicai il primo mentre succhiavo il secondo.

I singhiozzi di Sasha si erano calmati e lei gemette, spingendo in aria i seni gloriosi. La baciai tra i seni e giù per la pancia, muovendo di tanto in tanto la lingua per farla ansimare. Saltai il sesso, lavorando intorno a un'anca e lungo l'interno coscia.

Le gambe e il ventre tremavano.

«Vediamo questa tua bella figa.» Le allungai le ginocchia e mi limitai a fissare, assaporando la vista della sua carne rosa e scintillante. «Sei sempre bagnatissima per me, vero, zuccherino?» Le sfiorai appena il clitoride con il pollice, e lei sussultò e tremò.

«S-sì.»

«Ti sei preservata per me.» Ero uno sciocco, ma volevo sentirlo. Volevo sentirla dire che si era preservata per me e non perché gliel'aveva detto Igor.

«Sì» ammise. «Ho sempre voluto che fossi tu.»

La leccai dentro, separandole le labbra con la lingua, tracciandone tutto l'interno.

Mi strinse le ginocchia intorno alle orecchie.

«Ragazza cattiva.» Le diedi una piccola sculacciata alla figa. «Tieni le ginocchia larghe per me.»

«Oh» gemette.

Applicai la lingua con un po' più di vigore, succhiandole le labbra inferiori, mordicchiandole. Spinsi indietro il cappuccio clitorideo per mettere le labbra intorno al piccolo nocciolo.

Le sue mani volarono sulla mia testa e mi tirò i capelli.

Succhiai più forte e le affondai il pollice nel canale, pompandolo dentro e fuori.

«Ti prego, Maxim. Ho bisogno di te.» Mi tirò i capelli, cercando di strapparmi la bocca da lei.

«Hai bisogno del mio cazzo?»

Non avevo mai avuto una donna che mi guardasse come faceva lei adesso. Come se fossi il suo intero mondo. Come se il sole sorgesse e tramontasse al mio comando. Annuì, senza mai distogliere lo sguardo, incollato al mio.

«Ti prego» supplicò di nuovo.

Beh, chi cazzo ero io per negare qualcosa alla mia sposa?

Scesi dal letto per spogliarmi e poi mi arrampicai su di lei. Non volevo mettere il preservativo. Volevo reclamarla completamente, metterle dei bambini nella pancia e tenerla di schiena per il resto dei suoi giorni, ma sapevo che non era giusto. Aveva dei sogni sulla carriera che aveva appena iniziato. Avremmo avuto un sacco di tempo per una famiglia, in futuro. Se lo voleva.

Mi infilai un preservativo e mi allineai al suo ingresso. «Ti amo» dissi mentre spingevo dentro.

Lei sussultò e pianse. «Ti amo, Maxim.» Mi afferrò i fianchi e mi spinse più a fondo, avvolgendomi le gambe intorno alla schiena.

Mi chinai e le morsi l'orecchio mentre mi dondolavo lentamente dentro di lei, cercando di trattenermi dal martellare come un demonio.

«Ho bisogno di te» pianse. «Voglio questo. Con te. Per sempre.»

Sorrisi, spingendo un po' più forte. «Meno male che ti ho già rinchiusa, allora.»

Le scappò una risata di sollievo. «Mi sposerai di nuovo? Voglio rifarlo. Davvero.»

Mi si strinse il cuore. Certo che lo voleva. La mia brava ragazza che aveva mantenuto l'innocenza per l'uomo che aveva sposato… le erano stati negati il vestito bianco e i fiori. La festa. Tutto quello che aveva avuto era stato un funerale, un'unione forzata e un cazzo di marito che se l'era presa in spalla per portarla all'aeroporto.

Rallentai le spinte per chinarmi e prenderle teneramente le labbra, sorseggiandole. Esplorandone la morbidezza. «Sasha, mi faresti l'onore di sposarmi?»

«Sì.» Rise e pianse.

«Facciamo un matrimonio in una destinazione esotica» dissi. «Possiamo portare tutte le tue amiche a Bali o qualcosa del genere.»

«Sì, sì, sì!» esclamò. «Lo adoro.»

Le sorrisi, ed era così radiosa che faceva male. Il mio controllo stava scemando. Appoggiai le mani su entrambi i lati della sua testa, le sostenni le spalle mentre spingevo più a fondo e più forte.

Scosse i fianchi per incontrare i miei, come desiderando di più.

«Chi ti farà urlare quando verrai, zuccherino?»

«Tu» ansimò. «Maxim. Mio marito.»

«Bljad'.» Persi la testa, sbattendo contro di lei con forza sufficiente da mandare a sbattere il letto contro al muro.

Mi accolse — gemendo sempre più forte, incitandomi a continuare finché entrambi non gridammo la nostra liberazione nello stesso momento.

La colmai di cento baci, le coprii il bel viso, il collo, le orecchie, la fronte. Poi lasciai cadere tutto il mio peso su di lei per coprirla completamente.

«Uuh» rise.

Ci feci rotolare entrambi sui fianchi, restando dentro di lei.

«Maxim…» Sasha sembrava di nuovo seria.

Le scostai i capelli dal viso e le cullai la guancia. «Cosa c'è, *sacharok*?»

«Cosa hai intenzione di fare con mia madre?»

Capii subito la sua ansia. «Mi prenderò cura di lei,

Sasha» promisi. «Cioè, non ho intenzione di invitarla qui a vivere con noi, ma...»

«Giusto.» Sasha fece una risata sollevata.

«Forse dovremmo dividere l'eredità e darne metà a tua madre. Così non agirà spinta da impotenza e disperazione. Come ti senti a riguardo?»

«Ah. Sì. Va bene per te?»

«Non ti ho sposata per i soldi. Te l'ho detto. La domanda è se per te va bene.»

«Sì. Mi va.» Lei ricambiò la pioggia di baci, posandomeli sul viso e sul petto tatuato. «Sei un brav'uomo, Maxim. Grazie per il tuo perdono.»

Le cullai il viso con entrambe le mani. «Non c'è niente che non farei per te, dolcezza. Credimi.»

CAPITOLO VENTITRÉ

Sasha

Mɪ CROGIOLAI nell'euforia di stare a lungo tra le braccia di Maxim.

Alla fine, però, la fame e la preoccupazione per mia madre mi riportarono alla realtà.

«Mi odiano tutti là fuori?» Mi rannicchiai più vicino a Maxim per proteggermi dai miei pensieri. Mi rendevo conto che avrei vissuto con quei ragazzi. Lucy era stata gentile, aveva ascoltato la mia storia e alla fine aveva accettato di portarmi lì per cercare di sistemare le cose, ma non sapevo cosa pensassero gli altri.

Maxim scosse la testa. «No. Stavano ancora tutti tenendo d'occhio te. Ravil sapeva bene dov'eri e stasera Pavel mi ha tirato fuori dal bar per difenderti. Mi ha parlato del litigio che hai avuto con tua madre.»

«Davvero?» La cosa mi sorprese, considerando l'indifferenza che aveva dimostrato in quel momento.

«Se qualcuno è stato crudele con te, mi dispiace. Ma

sono protettivi nei miei confronti. Mi assicurerò che non accada mai più.»

Scossi la testa. «Hanno fatto bene. Li capisco. Vorrei nascondermi qui per sempre, ma... se non torno in albergo, la mamma penserà che mi hai uccisa.» Feci un sorrisetto ironico.

«Possiamo mandarle un messaggio.»

«Non ho il telefono.» Riuscii a fare un sorriso sbilenco mentre le sopracciglia di Maxim si abbassavano.

«Cazzo. Mi dispiace, Sasha. Non ho mai voluto che soffrissi.»

«E poi dovremmo tirarla fuori da quel buco di hotel. Se non ti dispiace.» Rabbrividii un po' alla sensazione che avrei potuto sembrare di nuovo una mocciosa viziata. Come se fossi venuta lì solo perché disperata.

Ma Maxim si alzò dal letto. «La mia sposa ha parlato.»

Il battito mi accelerò alle sue parole, e l'ondata di calore mi riempì di nuovo il petto.

«Ho voglia di metterti dei bambini dentro» annunciò dal nulla mentre si infilava i vestiti. «Una voglia matta.»

Restai immobile e lo guardai; il mio viso si scaldò. Il clitoride mi pulsò in risposta.

«Ovviamente aspetteremo fino a quando non sarà il momento giusto per te.»

«Voglio i tuoi bambini» sbottai, e il rossore aumentò. «Però sì, magari non così presto.»

Il sorriso di Maxim era più caldo del sole. Si abbottonò la camicia guardandomi. «Potresti metterti dei vestiti, prima di andare.»

«Oh.» Mi resi conto che ero ancora nuda. Recuperai i vestiti dall'armadio, dove li avevo buttati, e mi vestii.

Maxim mi aspettava sulla porta della camera da letto; mi prese la mano e la strinse prima di aprirla. «Non preoccuparti» mormorò. «Ti proteggerò sempre, Sasha.»

Il mio sorriso vacillò, ricordando che l'avevo quasi perso, ma lui mi baciò la fronte e io alzai il viso per baciarlo sulle labbra.

«Mia moglie starà con noi, dopotutto» annunciò Maxim a tutti nel soggiorno.

Presero la notizia con la stessa grazia disinvolta con cui tempo prima avevano accolto il mio arrivo.

Dima esultò pigramente con il pugno urlando «evviva.» Oleg annuì.

Nikolaj disse: «Bentornata.»

«Bene. Contavo proprio sul fatto che mister Soldoni acquistasse altri canali via cavo» commentò impassibile Pavel, facendo zapping. «Li ho già riordinati.»

Lucy mi sorrise dal bancone della colazione, dove era seduta a mangiare pierogi. Ravil si trovava in piedi dietro di lei; le accarezzava il ventre gonfio premendole le labbra sulla tempia. Che dolci.

Tutti lì erano dolci. Era facile andare d'accordo. Davvero. Erano la mia famiglia ora, e io gli volevo bene.

«Posso? Ho fame.» Mi avvicinai e rubai un pierog dal piatto che Lucy spinse verso di me.

«Trasferiremo Galina altrove, preferibilmente lontano, molto lontano. Scherzo» Maxim mi fece l'occhiolino.

«Ah sì. Stavo pensando a un altro continente, come minimo» concordai.

Ravil si girò. «Non la Russia.»

Deglutii. Sapevo che mia madre si era scavata la fossa da sola, ma non volevo ancora vederla uccisa. «No. Altrove.»

«Se ne occuperà Maxim.» mi assicurò Ravil. «È il suo lavoro.»

Lanciai un'occhiata al mio bel marito, quasi senza sapere come facevo a rimanere in piedi dato come mi faceva tremare le ginocchia. Mi toglieva il fiato.

«Dai, zuccherino.» Mi trascinò verso la porta. «Chiudiamo la questione. Al suo trasloco, ti porto fuori a cena.»

«Non devi essere gentile con lei» gli dissi mentre mi trascinava nell'ascensore e mi inchiodava contro al muro.

«Lo sarò. Perché è tua madre. Ma se mai cercherà di portarti via di nuovo da me, salteranno tutti gli accordi.»

Gli avvolsi le braccia intorno alla vita e gli posai la testa sul petto. «Affare fatto.»

EPILOGO

Sasha

MAXIM MI SPOSTÒ una ciocca di capelli che mi ricadeva in faccia e poi ricongiunse le nostre mani. Eravamo sulla spiaggia al tramonto, a recitare i voti.

Avevamo chiesto a Nikolaj di officiare quello che chiamavo "il nostro rimatrimonio". La cerimonia non era reale, ovviamente: i documenti erano già archiviati. L'unione legale. Ma la principessina viziata non voleva essere privata della pianificazione del proprio matrimonio, quindi eccoci qui, sulla spiaggia di Ibiza, a godere delle feste di fine stagione.

Avevo portato le amiche del college, inclusa Kimberly, che non potevo escludere, per aiutarmi a festeggiare. Mia madre era lì con il suo miglior atteggiamento, fingendo, come me, che quello fosse il mio primo e vero matrimonio.

Ravil e Lucy non avevano potuto venire perché si era troppo vicini alla data del parto del bambino, ma tutti gli altri della suite dell'attico c'erano: Dima, Nikolaj, Oleg e

Pavel, il cui labbro continuava ad arricciarsi quando guardava le mie amiche del college. Pareva proprio che non fossero il suo tipo.

Era venuto fuori che il suo era il tipo stravagante da una botta e via, con tanto di scene prenegoziate che vedevano coinvolte fruste e catene. Forse, dopo aver sentito del club sadomaso in cui si erano incontrati Ravil e Lucy, era interessato a portare le sue tendenze sadiche in camera da letto. Avevo notato che Kayla lo guardava con interesse quando eravamo arrivati, ma avevo subito messo a tacere l'idea.

Maxim era incredibilmente bello come sempre, in una button-down bianca fresca di bucato e aperta all'altezza della gola, le maniche lunghe arrotolate a rivelare gli avambracci tatuati.

«Anche se siete già sposati» annunciò Nikolaj con toni fintamente formali, «ora vi dichiaro marito e moglie!»

Gli amici applaudirono e lanciarono petali di rosa in aria e su di noi. L'acqua lambì i nostri piedi nudi, portando i petali al mare. Saltai a cavalcioni su Maxim, nel mio abito da sposa corto, che mi fece girare sul posto baciandomi tra applausi assordanti.

«Continua. Sto girando un video» gridò Kayla.

Maxim si allontanò troppo per guardare e un'onda gli schizzò sulle gambe. Gridai e ridacchiai, arrampicandomi più su sulle sue braccia.

«Ci sono io, zuccherino.»

«Lo so.» Gli sorrisi. Perché lui c'era. C'era sempre per me, e per quello io lo amavo infinitamente.

Mi riportò sulla spiaggia, fino alla sabbia asciutta, e mi fece scendere.

Nikolaj e Dima stapparono bottiglie di champagne costoso, che ci passarono per un sorso.

«*Gor'ko!*» gridò Nikolaj nella tradizione russa, e Maxim e io ci baciammo, secondo l'usanza.

I ragazzi iniziarono a contare ad alta voce, cronometrando il bacio, che presumibilmente avrebbe dimostrato la longevità del nostro amore, e allo stesso tempo facendo segno alle mie amiche, che non avevano familiarità con le tradizioni nuziali russe, di bere il resto dello champagne.

Le mie labbra si allungarono in un sorriso, pur rimanendo permanentemente incollate a quelle di Maxim.

«Va bene, va bene, basta!» brontolò Pavel dopo che avevano raggiunto i sessant'anni. «Sappiamo già che potete andare avanti ventiquattr'ore su ventiquattro e sette giorni su sette. Non abbiamo bisogno di manifestazioni pubbliche.»

«Venite, dovete rompere i bicchieri» disse la mamma tirando fuori un paio di bicchieri di cristallo dalla borsa e porgendone uno a ciascuno di noi. Spostammo la festa nel patio lastricato dell'enorme casa al mare prenotata da Maxim.

Tirai indietro il gomito, lanciando un'occhiata a Maxim per il via libera. Alzò il bicchiere e annuì, ed entrambi rompemmo il cristallo con tutta la forza possibile per avere fortuna.

«Ora rapite la sposa» esortò le mie amiche mia madre, gesticolando. «Fate pagare a Maxim il riscatto per riaverla.»

Ridendo, quelle mi afferrarono le mani e si precipitarono di sopra con me.

«Hai sempre saputo organizzare una festa» disse Ashley quando ci salimmo tutte insieme sul letto matrimoniale.

«Non sono sicurissimo che l'obiettivo sia nasconderla nella mia camera da letto» disse Maxim attraverso la porta. «Ma sono felice di pagare.»

Kayla mi scattò un'altra foto usando il mio cellulare. Tintinnò per un'email in ingresso, ora che era di nuovo connesso al wi-fi.

Vedendo l'anteprima del mittente sullo schermo, sussultai e le strappai il telefono di mano.

«Che c'è?» chiese Kayla.

«Viene dal regista teatrale di Chicago. Il tipo con cui ho appena fatto il provino.» Trattenni il respiro mentre le dita mi volavano sullo schermo per aprire il messaggio. Strillai.

«Che cosa? Cosa c'è? Hai ottenuto la parte?» chiesero tutte le mie amiche in una volta.

«Cosa sta succedendo?» chiese Maxim dall'altra parte della porta.

Corsi a spalancarla. «Ce l'ho fatta!» urlai, saltandogli di nuovo tra le braccia. «Interpreterò Anna Karenina!»

Un coro di «Oh mio Dio!» ed «È fantastico!» e «Congratulazioni!» mi piovve addosso. Maxim mi lanciò in aria e mi riprese, come se non pesassi nulla.

Come se avessi bisogno che quel giorno fosse ancora più perfetto.

Lacrime di gioia mi sgorgarono dagli occhi.

Mia madre e i ragazzi si spinsero nella stanza dietro Maxim per scoprire di cosa si trattava.

«Questo è il giorno più felice della mia vita» singhiozzai, abbassando le labbra sulla sommità della testa di Maxim. «Vi voglio tantissimo bene. Sono felicissima.»

Maxim si girò, tenendomi ancora a cavalcioni intorno alla vita. Era un ballo lento, con un pubblico fatto di tutti quelli a cui tenevo al mondo.

«Ti amo» mormorai contro alla sua pelle. «Amo la nostra vita.»

«Anch'io amo la nostra vita.» Mi piazzò baci sulle braccia. «Ti amo tantissimo, zuccherino.» E poi si girò verso il nostro pubblico. «Ora tutti fuori» disse con fermezza.

Seguì un coro di risate e proteste.

«Noioso!»

«La festa era appena iniziata!»

«Voi continuate a festeggiare. Noi abbiamo da celebrare qui dentro» disse Maxim spingendomi verso il letto, con gli occhi annebbiati dalla promessa.

«Sì, ti prego» sussurrai mentre gli amici e la famiglia uscivano dalla camera.

Maxim mi fece sdraiare con cautela sulla schiena al centro del letto. «Ho assolutamente bisogno di rivivere la prima notte di nozze» mi stuzzicò, e io rabbrividii al ricordo della rapida fuga nel mio appartamento per non aver niente a che fare con lui.

«Mi sono preservata per te» gli ricordai.

«Esatto» disse con immenso amore nell'espressione.

Tanto immenso che mi parve mi stesse per scoppiare il cuore. Lo tirai giù verso di me e unii la bocca alla sua; la mia lingua leccò tra le sue labbra, desiderosa di essere consumata. Riconsumata. O quello che era.

Gli slacciai i bottoni mentre le nostre labbra si attorcigliavano e aggrovigliavano. Trovai la cerniera laterale del mio miniabito bianco senza spalline e la abbassai. Alzai il culo per permettergli di togliermi il vestito. Si sedette un momento e si morse la nocca, assaporando la mia vista, nuda tranne che per un minuscolo perizoma bianco.

«Ogni volta che ti spoglio, devo ricordare a me stesso che tutto questo è reale. Che tu sei mia moglie. Che appartieni davvero al mio letto, stavolta. Che non mi evireranno per avermi beccato con te.»

Agganciai i pollici alla vita del perizoma e lo sfilai. «Tutta tua, maritino. Che cos'hai intenzione di farne di me?»

Il suo sorriso era diabolico. Si tolse la camicia aperta e poi i pantaloni e i boxer. «Ho più o meno un centinaio di idee. Iniziamo da…»

∽

GRAZIE PER AVER LETTO *Il risolutore*. Se ti è piaciuto lascia una recensione, lo apprezzerei davvero tanto: le recensioni fanno una grande differenza per gli autori indipendenti.

Assicurati di leggere il racconto breve di Pavel e Kayla in *Black Light: Ritorno alla roulette* e preparati per l'avventura romantica di Oleg e Story in *Il sicario*.

∽

GODITI QUESTA SCENA bonus di *Il risolutore* per scoprire cos'è successo la notte che sono tornati insieme!

Maxim

Erano le dieci quando sistemammo Galina in un vicino Hyatt e uscimmo a cena. Avrei dovuto essere esausto dopo il tumulto emotivo degli ultimi giorni, ma era il contrario.

Ero sveglio, pronto a violentare di nuovo la mia sposa.

«Penso che la punizione sia d'obbligo, sacharok.»

Sasha si girò di scatto e si lanciò i folti capelli sulla spalla, ripiombando istantaneamente nel ruolo di gattina sessuale. Si morse un dito e spalancò gli occhi con finta innocenza. «Per che cosa?»

Scossi la testa con finta severità. «Lasciarmi non è permesso.»

Soppresse un sorriso. «Nemmeno se sono morta?»

Mi avvicinai. «Soprattutto, se sei morta.» Le posai le mani sulla vita.

Le morì il sorriso. «Mi dispiace tantissimo che tu abbia sofferto.»

Le misi un dito sulle labbra per farla tacere. «Silenzio. Non ho bisogno delle tue scuse. Ho bisogno di te nuda. Fatta eccezione per i tacchi.»

Le sue labbra si curvarono in un sorrisetto sensuale mentre si spogliava per me. Incrociai le braccia sul petto per guardare la mia bellissima moglie. Si spogliò di tutto tranne che dei tacchi.

«Ti farò diventare rosso il culo, principessa. E poi me lo scoperò.»

Notai il brivido che la percorse. A giudicare dal modo in cui i suoi capezzoli si incresparono e risaltarono, non fu paura. «Su mani e ginocchia.» Alzai il mento in direzione del letto.

Si alzò strisciando e mi guardò da sopra la spalla, con il calore nello sguardo.

Le tirai la vita per farle scivolare le ginocchia indietro, verso il bordo del letto, così da trovarmi davanti il suo culo. E poi mi divertii. Perché sculacciare mia moglie era davvero un piacere che intendevo godermi appieno. E spesso.

Cominciai con leggerezza, poi mi feci strada fino a schiaffi più acuti, assestati senza sosta. Cominciò ad ansimare e sospirare, ma non cambiò posizione; inarcò anzi la splendida schiena e mi si offrì. Non ci volle molto per arrossarle il culo... dopotutto era una rossa.

Capii che cominciava a provare del fastidio da come iniziò ad ansimare e a stringere le natiche, ma continuai per un'altra dozzina colpi prima di fermarmi.

«*Gospodi*» ansimò.

Le strinsi e strofinai le natiche castigate. «Brava ragazza.»

Lei gemette sommessamente.

Mi tolsi i vestiti e trovai un tubetto di lubrificante. «Scorri un po' in avanti adesso», le ordinai, e lei obbedì. Le feci cadere una manciata di lubrificante tra le natiche arrossate e lo massaggiai intorno all'ano con il pollice. Poi ne usai una generosa quantità sul cazzo.

«Accogli la punizione, zuccherino» mormorai premendo la cappella contro al suo ingresso posteriore.

Lei sussultò, cercando di spingermi fuori, ma io schioccai la lingua e si rilassò.

Si rilassò un po' di più e fui in grado di premere. Andai lentamente, e il lubrificante mi aiutò a scivolare dentro.

«Maxim.» Sembrò leggermente allarmata, quindi mi fermai quando fui comodo e lasciai che si abituasse alla sensazione. Portò le dita tra le gambe e, con mia grande gioia, iniziò a schiaffeggiarsi il clitoride.

«Avevi bisogno di qualche sculacciata sulla figa, zuccherino?»

Gemette il suo assenso.

«La prossima volta ti sculaccerò finché non sarai bella, gonfia e bagnata» promisi.

«Oh» gemette. Non ero sicuro se fosse eccitata dalle mie parole o dalle sue stesse dita, ma in ogni caso approfittai del suo piacere e iniziai a trovare il mio, pompando dentro e fuori da lei; all'inizio lentamente, poi con maggiore slancio.

Le sue grida si facevano più acute più veloce, e un flusso di incoraggiamento mormorato mi uscì dalla bocca, lodandola, calmandola, dicendole che brava ragazza fosse.

«Ti prego» implorò. «Ti prego, Maxim.»

«Devi venire, zuccherino?»

«Da, da, da, da, da, da, da.» Tornò al russo, come se le avessi strapazzato il cervello.

«Adoro scoparti il culo» le dissi. Ero più duro del marmo. Avrei voluto andare avanti tutta la notte, ma sapevo che stava già raggiungendo il suo limite.

«Sculaccia quella figa, Sasha» ordinai mentre il calore mi risaliva lungo le cosce. «Più forte.»

Emise un grido di bisogno mentre mi obbediva. Mi allungai e le pizzicai uno dei capezzoli mentre sbattevo dentro e fuori e lei schiaffeggiava, schiaffeggiava, schiaffeggiava.

«Cazzo!» urlai.

«Sì!» urlò lei.

Sbattei a fondo, spingendo Sasha giù sulla pancia e coprendole il corpo con il mio. Quando venni, le stelle mi danzarono davanti agli occhi.

Sasha si strinse forte intorno al mio cazzo: le sue cosce erano tutte spasmi, e tremavano.

Quando mi si schiarì la vista, caddi su di lei e le morsi il collo, cercando di riprendere fiato. «Sei venuta, *sacharok*?»

«Sì» ansimò.

«Bene.» Le mordicchiai l'orecchio, lasciai baci lungo l'attaccatura dei capelli, aspettando che il cuore smettesse di sbattermi contro alle costole.

«Non lasciarmi mai più» le dissi severamente quando mi allontanai.

«Mai più» ansimò lei, allungandosi per prendersi a coppa il culo riscaldato mentre si girava. Era bellissima in quel totale abbandono: di cuore, corpo e anima. Mi chinai e le baciai le labbra.

«Non potresti nemmeno se ci provassi» le dissi. «Sei mia e non ti lascerò mai andare.»

Socchiuse gli occhi e sorrise. «Prometti?»

«Prometto.»

~

Nota dell'autrice – Hai lasciato una recensione per *Il risolutore*? Se ancora non lo hai fatto, fallo! Lo apprezzerei davvero: le recensioni contano moltissimo per gli autori indipendenti!

Vuoi saperne di più? Dai un'occhiata a *Posseduta*, la breve storia di Pavel e Kayla, seguita da *Il sicario*, il romanzo di Oleg e Story.

VUOI SAPERNE DI PIÙ?

Posseduta

"La spezzi, la possiedi."

Non volevo essere abbinato a lei. Il perfetto, delicato fiore che aveva tutta l'aria di pronunciare la parola di sicurezza al primo colpo del mio bastone. L'ex coinquilina della nuova moglie di mio fratello bratva. Non mi innamorerò del suo desiderio di compiacere. Della sua sottomissione costante. Ma quando accoglie tutto quello che le propongo, diventa sempre più chiaro: adesso mi appartiene.

Il Sicario

Lei è la mia debolezza, la mia ossessione. E adesso la mia prigioniera.

Ho passato dodici lunghi anni in una prigione siberiana.

Da quando sono stato rilasciato, nulla ha più catturato il mio interesse.

Nulla tranne lei.

Settimana dopo settimana, ho visto la sua band esibirsi.

Non riesco a togliermela dalla testa.

Quando il mio passato è tornato a bussare alla mia porta, lei è diventata un bersaglio.

L'unico modo per salvarla è rinchiuderla.

Tenerla prigioniera finché le cose non si risolveranno.

Non mi perdonerà mai, ma ora non posso darle spiegazioni.

Non posso parlare.

OTTIENI IL TUO LIBRO GRATIS!

Iscrivetevi alla newsletter di Renee per ricevere Indomita, scene bonus gratuite e notifiche riguardo a nuove pubblicazioni!

https://BookHip.com/MGZZXH

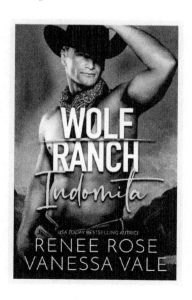

Il suo Compagno e Padrone

Cucciolo Zandiano

La sua Proprietà Umana

La loro compagna zandiana (gratuito)

L'AUTORE

L'autrice oggi bestseller negli Stati Uniti Renee Rose ama gli eroi alfa dominanti dal linguaggio sboccato! Ha venduto oltre un milione di copie dei suoi romanzi bollenti, con variabili livelli di erotismo. I suoi libri sono comparsi su *USA Today's Happily Ever After* e *Popsugar*. Nominata *Migliore autrice erotica da Eroticon USA* nel 2013, ha vinto come autrice antologica e di fantascienza preferita dello *Spunky and Sassy*, come miglior romanzo storico sul *The Romance Reviews* e migliore coppia e autrice di fantascienza, paranormale, storica, erotica ed ageplay dello *Spanking Romance Reviews*. È entrata dieci volte nella lista di *USA Today* con varie antologie.

Iscrivetevi alla newsletter di Renee per ricevere scene bonus gratuite e notifiche riguardo a nuove pubblicazioni!
https://www.subscribepage.com/reneeroseit

facebook.com/Autrice-Renee-Rose-101548325414563
instagram.com/reneeroseromance

Printed in Great Britain
by Amazon